LA LEYENDA DEL LEGADO

5

CIENCIAS SOCIALES

COLABORA LA ASOCIACIÓN

GAMIFICA TU AULA

M.ª Jesús Asturiano Albenca
Javier Barba Calatrava
Salvador Carrión del Val
Clara Cordero Balcázar
Juan Fernández Galera

EDELVIVES PRIMARIA

El 0,7% de la venta de este libro se destina a proyectos de desarrollo de la ONGD SED (www.sed-ongd.org).

La Leyenda del Legado

Cuenta la leyenda que hace mucho, mucho tiempo, algunos profetas anunciaron que, algún día, El Malvado Olvido asolaría la Tierra y a todos sus habitantes, destruyendo todo el conocimiento humano del pasado, el presente y el futuro.

Esta fue la razón por la que se construyó la Biblioteca del Legado, que albergaba en su Sala Principal la esencia de todos los saberes.

Recientemente, El Olvido localizó la ubicación de la Biblioteca e hizo caer sobre ella una maldición para destruirla. Por suerte, todo lo que consiguió fue

fragmentarla en seis secciones, sin llegar a dañar la Sala Principal y lo que en ella se custodiaba.

También cuenta la leyenda que solo los escogidos, con la esencia de los saberes como única arma, podrán derrotar a El Olvido y reconstruir la Biblioteca del Legado, preservando todo el conocimiento necesario que evitará la desaparición de la Humanidad.

Si estás leyendo este episodio, no cabe duda, eres uno de los guardianes del Legado y aquí comienza tu aventura...

¡Saludos! El oráculo te da la bienvenida a la gran misión de este curso.

Te encuentras en la Sección 5 de la Biblioteca del Legado y este libro que tienes en tus manos forma parte de ese Legado que, desde hoy, deberás custodiar y proteger.

Presta atención a las indicaciones que te ayudarán a resolver la misión con éxito.

¿Qué harás para poner a salvo la Sección 5 de la Biblioteca?

1. Reconquistar la Tierra. El Legado te ayudará a conseguirlo.

2. Convertirte en colonizador para resolver las tareas y retos.

3. Esquivar a los saboteadores, que intentarán distraerte de tu misión.

4. Acumular créditos espaciales, que conseguirás como recompensa por diferentes acciones.

ESCÁNER DEL OLVIDO

Saludos, guardianes.

Antes de emprender la aventura de este curso, deberéis pasar por el escáner del Olvido para comprobar que estáis custodiando adecuadamente el Legado que recibisteis el curso pasado. Vuestro guía os dará las indicaciones necesarias para esta prueba.

Tierra, aire y agua

1 Relaciona el nombre de cada capa con el material que se encuentra en ella.

Atmósfera	Agua
Geosfera	Aire
Hidrosfera	Material sólido

2 Relaciona cada concepto con la afirmación que corresponda.

Tiempo atmosférico	**a.** En primavera llueve mucho.
Clima	**b.** Hoy es un día frío y lluvioso.

3 Completa la siguiente definición utilizando las palabras *natural*, *minerales*, *rocas* y *litosfera*.

Las ..... son los materiales sólidos y de origen ..... que forman la ...... Se componen de ..... .

4 Une con su significado cada uno de estos conceptos relacionados con los ríos.

Vertiente	Cauce
Afluente	Caudal
Curso bajo	Curso alto

a. Río que desemboca en otro río.

b. Cantidad de agua que lleva un río.

c. Recorrido del río en la parte más próxima a su desembocadura.

d. Terreno por el que discurre un río.

e. Conjunto de ríos que desembocan en un mismo mar u océano.

f. Recorrido del río desde su nacimiento hasta la llanura.

El paisaje que veo

1. ¿Qué es una meseta?
   - **a.** Un terreno hundido entre montañas.
   - **b.** Una zona plana localizada a gran altura.
   - **c.** Una pequeña elevación con cima redondeada.

2. Identifica en la siguiente ilustración las partes del volcán que se indican.

Lava	Cono volcánico
Cráter	Chimenea

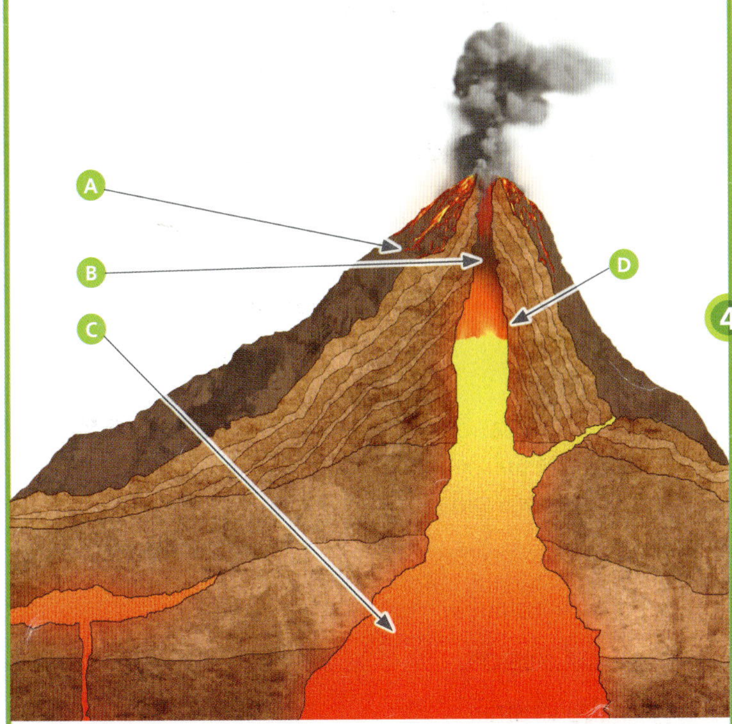

3. Identifica en estas imágenes qué proceso de modelado del relieve se refleja en cada una. Después, indica en cada caso si se trata de un agente geológico interno o externo.

4. Clasifica estas acciones humanas sobre el paisaje, diferenciando las que tienen consecuencias negativas de las que ayudan a preservarlo.
   - **a.** Creación de espacios naturales protegidos.
   - **b.** Deforestación.
   - **c.** Reforestación.
   - **d.** Contaminación y vertidos.
   - **e.** Uso de combustibles fósiles que emiten gases.
   - **f.** Ahorro energético y consumo responsable.

ESCÁNER DEL OLVIDO

Territorio y población

1 Relaciona cada término con su significado.

Municipio | Provincia | Comunidad autónoma

a. Territorio formado por varios municipios y que tiene una capital. En España hay cincuenta.

b. Territorio formado por una o varias provincias que comparten tradiciones, costumbres y una historia. En España hay diecisiete.

c. Territorio formado por una o varias localidades, gobernadas por un mismo ayuntamiento.

2 ¿Con qué sector de producción se relaciona cada una de las profesiones que aparecen en estas imágenes?

A

B
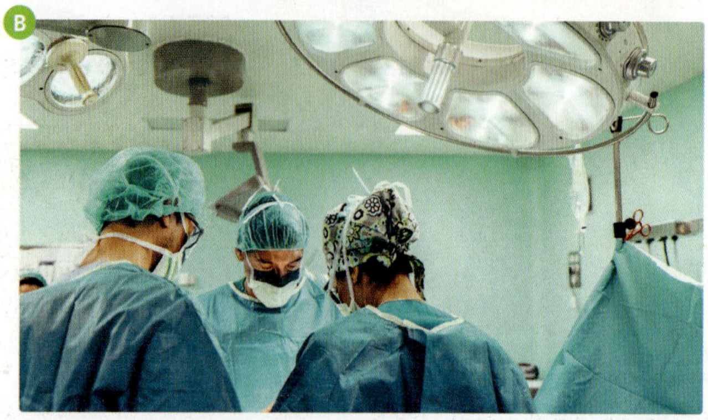

C

3 Relaciona cada grupo de clasificación de población con el criterio empleado.

No activa | Rural | Anciana

a. Localidad de residencia.

b. Trabajo.

c. Edad.

4 A partir de la siguiente ilustración, describe el recorrido que sigue un producto desde que se obtiene la materia prima hasta que es adquirido para su consumo.

- Relaciona cada una de las siguientes actividades económicas con una de las fases del proceso que se presentan en la imagen. ¿A qué sector pertenece cada una?

a. Transporte.

b. Agricultura.

c. Comercio.

d. Industria.

Formamos parte de la historia

1 Ordena los siguientes períodos históricos, del más antiguo al más reciente.

Edad Media | Edad Antigua | Edad Contemporánea | Prehistoria | Edad Moderna

2 Indica con qué etapa de la prehistoria, Paleolítico o Neolítico, se relaciona cada una de estas características de los seres humanos.

a. Nómadas: se trasladaban de un lugar a otro.

b. Sedentarios: vivían en el mismo lugar.

c. Cultivo de plantas y domesticación de animales.

d. Caza, pesca y recolección.

3 Relaciona cada construcción romana con su función.

Calzada | Templo | Acueducto | Anfiteatro

a. Transporte de agua.

b. Espacio para adorar a los dioses.

c. Realización de espectáculos.

d. Transporte y comunicación.

4 Copia la siguiente tabla y complétala situando donde corresponda cada uno de los restos arqueológicos de la Península que aparecen a la derecha.

Prehistoria	Época prerromana	Época romana
.....	.....	.....

Teatro de Mérida (Badajoz).

Toros de Guisando, en El Tiemblo (Ávila).

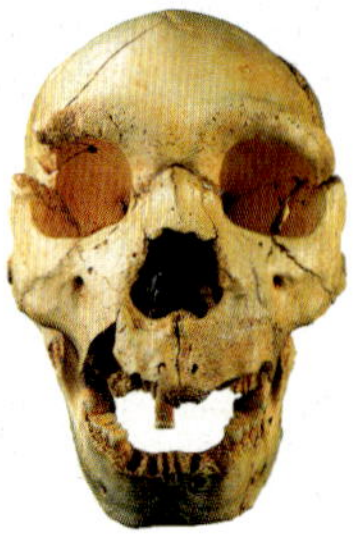

Fósil del yacimiento de Atapuerca (Burgos).

Cuevas de Altamira en Santillana del Mar (Cantabria).

Dama de Elche.

Acueducto de Segovia.

LA HORA DE TODOS

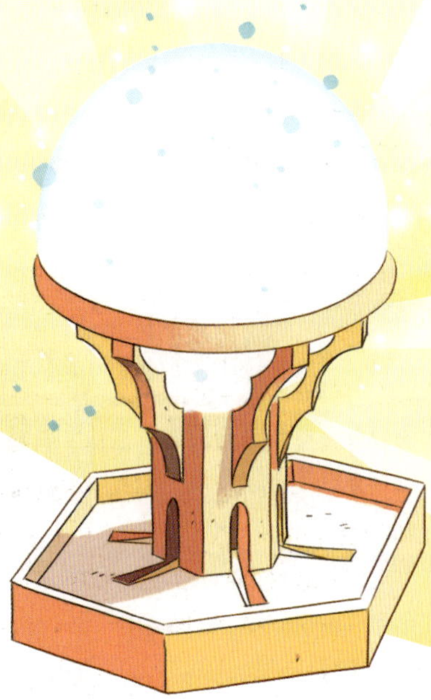

El primer reto del curso os va a resultar de gran ayuda para conseguir vuestra misión de reconquistar la Tierra, ya que os permitirá conocer mejor el planeta.

Permaneced atentos a las instrucciones y a los pasos que se os indiquen para superar este reto.
¡Ánimo!

Informe planetario

Entre los científicos que estudian el universo es muy debatida la posibilidad de que la Tierra no sea el único planeta en el que exista la vida.

Un grupo de estos científicos ha decidido lanzar al espacio una cápsula con un informe sobre el planeta, destinado a posibles formas de vida inteligente. Os han pedido que lo elaboréis, para que sirva de carta de presentación de nuestro planeta y sus características, sobre todo aquellas que condicionan a los seres vivos.

¿Qué sabéis sobre la galaxia en la que se encuentra nuestro planeta?

¿Qué actividades humanas pueden perjudicar al planeta y, por tanto, a los seres vivos?

¿Qué factores del clima favorecen la diversidad de la vegetación?

¿Qué características del planeta hacen posible que se desarrolle la vida?

Para investigar

Podéis obtener información útil para este reto:

- En las unidades 1 y 2.
- Consultando en internet, bajo la supervisión de un adulto. Podéis usar estas palabras clave en el buscador:
  - «Instituto Geográfico Nacional» + «Atlas Didáctico».
  - «Meteorología para niños».
  - «Clima y paisaje» + «Agrega».

Realizando una excursión o salida al campo más próximo. Mediante ella, con ayuda del profesor o de un guía que os acompañe, podréis conocer la relación entre el clima y la vegetación de vuestro entorno así como las consecuencias de la acción humana sobre el paisaje.

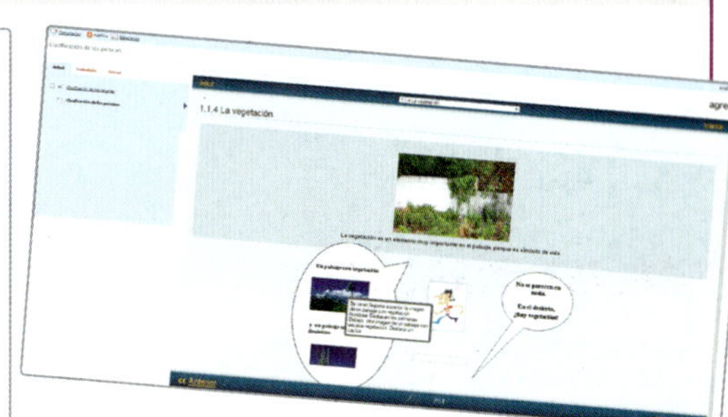

Para presentar

Podéis elaborar alguno de estos productos para presentar el resultado de vuestro trabajo.

- Un informe escrito, acompañado de imágenes, que explique las principales características del planeta y la vida en él.
- Un vídeo, a modo de documental de viajes, en el que se simule que se está presentando el planeta y su vegetación a seres de otro planeta.
- Una presentación oral del proceso de investigación realizado, compartiendo aquellos descubrimientos que más os hayan sorprendido.

1 EL PLANETA TIERRA

¿Qué pasaría si se acabara el agua en el mundo?

Para tener éxito en vuestra misión de reconquistar la Tierra, es muy importante que conozcáis bien este planeta: su situación en la galaxia y sus principales características.

¿Cómo se representa una esfera en una superficie plana?

Si se pudiera partir por la mitad el planeta Tierra, ¿cómo crees que sería su interior?

El universo

El **universo** es toda la materia y toda la energía que existen, así como el espacio que las contiene. El universo comprende el conjunto de cuerpos celestes que se encuentran en el espacio.

Según la mayoría de los científicos, el universo se originó tras una gran explosión llamada ***big bang***, que pudo ocurrir hace miles de millones de años. A partir de ella, el universo aumenta de tamaño, es decir, está en continua expansión.

Los cuerpos celestes que se encuentran en el universo se agrupan formando **galaxias.**

Amplía

La **materia** es todo aquello que tiene masa y ocupa un volumen en el espacio.

La **energía** es la fuerza responsable de todos los cambios que ocurren a nuestro alrededor.

Las galaxias

Las **galaxias** son conjuntos inmensos de astros, nubes de gas y polvo cósmico unidos por la atracción que provoca la fuerza de la gravedad.

Existen multitud de galaxias en el universo. La galaxia en la que nos encontramos se denomina **Vía Láctea.**

En cada galaxia hay diferentes astros. Estos son de varios tipos, entre los que destacan: **estrellas, planetas, satélites, asteroides** y **cometas.**

Las **estrellas** son cuerpos celestes que brillan con luz propia. Son enormes masas de gases que liberan gran cantidad de energía en forma de luz y calor.

Los **planetas** son cuerpos celestes con forma casi esférica. Giran alrededor de una estrella describiendo una trayectoria que se llama **órbita.**

Los **satélites** son cuerpos celestes menores. Giran alrededor de un planeta y lo acompañan en su recorrido alrededor de la estrella que orbita.

Los **asteroides** son objetos rocosos, más pequeños que los planetas, que giran alrededor de una estrella. Tienen una superficie irregular.

Los **cometas** giran alrededor de una estrella. Están formados por roca, hielo y gas. Cuando su hielo se evapora, se forma su característica cola.

El sistema solar

En la Vía Láctea se encuentran muchas estrellas. Una de ellas es el **Sol,** que se sitúa en el centro del sistema solar.

El **sistema solar** está formado por el Sol y el conjunto de cuerpos celestes que giran a su alrededor: planetas, satélites, asteroides y cometas.

El **Sol,** el único astro luminoso del sistema solar, es una estrella de tamaño medio formada por una gran cantidad de gases a una temperatura muy alta.

Alrededor del Sol giran ocho **planetas,** que se clasifican en **interiores** y **exteriores,** según su proximidad al Sol.

Los **planetas interiores** son Mercurio, Venus, la Tierra y Marte.

Estos planetas tienen un tamaño medio y son rocosos.

Los **planetas exteriores** son Júpiter, Saturno, Urano y Neptuno.

Estos planetas tienen un gran tamaño y están constituidos fundamentalmente por gases.

Algunos planetas tienen **satélites** que giran a su alrededor. Hay planetas, como Mercurio, que no los tienen y otros que cuentan con más de diez, como Urano. La Tierra tiene solo un satélite natural: la **Luna.**

También giran alrededor del Sol **asteroides** y **cometas.** En el sistema solar destaca el **cinturón de asteroides** que se encuentra entre Marte y Júpiter.

En el **universo**, los astros se agrupan en **galaxias.**

La **Vía Láctea** es la galaxia en la que se encuentra el **sistema solar.** Este está formado por el **Sol,** ocho **planetas** con sus **satélites** y otros cuerpos celestes como **asteroides** y **cometas.**

1. Define universo, galaxia, sistema solar y cometa.
2. Busca información sobre los planetas del sistema solar y elabora una ficha con los principales datos de cada uno.
3. Indica una semejanza y una diferencia para cada una de estas parejas de conceptos: satélite y planeta, estrella y cometa, Mercurio y Neptuno.

La Tierra, nuestro planeta

La **Tierra** es el tercer **planeta** más cercano al Sol. Es el único planeta en el que se ha encontrado **vida.** Las condiciones que han permitido el desarrollo de la vida se relacionan con las **características físicas** de la Tierra:

- Su **distancia respecto al Sol**, que influye en que las temperaturas del planeta sean moderadas.
- La existencia de **agua**, una sustancia indispensable para la vida.
- La presencia de una **atmósfera rica en oxígeno**, que es un gas necesario para los seres vivos.

Los movimientos de la Tierra

Como el resto de los planetas del sistema solar, el planeta Tierra gira sobre sí mismo y alrededor del Sol. Por tanto, realiza dos **movimientos:** uno de **rotación** y otro de **traslación.**

Movimiento de rotación

La Tierra gira sobre sí misma alrededor de un eje imaginario, ligeramente inclinado, que la atravesaría por los polos. Tarda **24 horas** en dar una vuelta completa. La rotación origina el día y la noche.

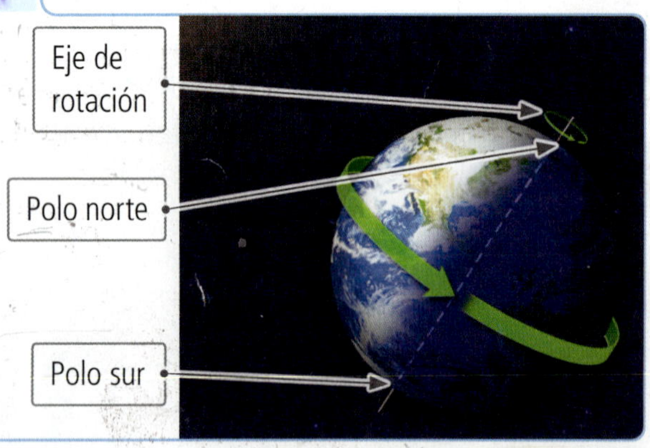

Movimiento de traslación

La Tierra describe una órbita elíptica **alrededor del Sol.** Tarda **365 días y seis horas,** es decir, un año, en dar una vuelta completa.

El movimiento de traslación da lugar a las **cuatro estaciones** del año: primavera, verano, otoño e invierno. La diferencia de temperaturas en cada una de las estaciones influye en el ciclo vital de animales y plantas.

Durante cada una de las estaciones, los rayos del Sol llegan con distinta inclinación a la Tierra. Esto se debe a que el eje terrestre, sobre el que la Tierra realiza el movimiento de rotación, se mantiene inclinado a lo largo de toda la traslación.

Amplía

Estrellas fugaces

La atmósfera de la Tierra también sirve de protección al planeta. Un ejemplo de esa protección es la desintegración de meteoritos. Estos son pequeños fragmentos de material procedentes del espacio, que pueden llegar hasta la Tierra. Sin embargo, se destruyen, en su mayor parte, al contactar con la atmósfera. Al desintegrarse, los meteoritos brillan y es entonces cuando se observan estrellas fugaces.

La traslación y las estaciones

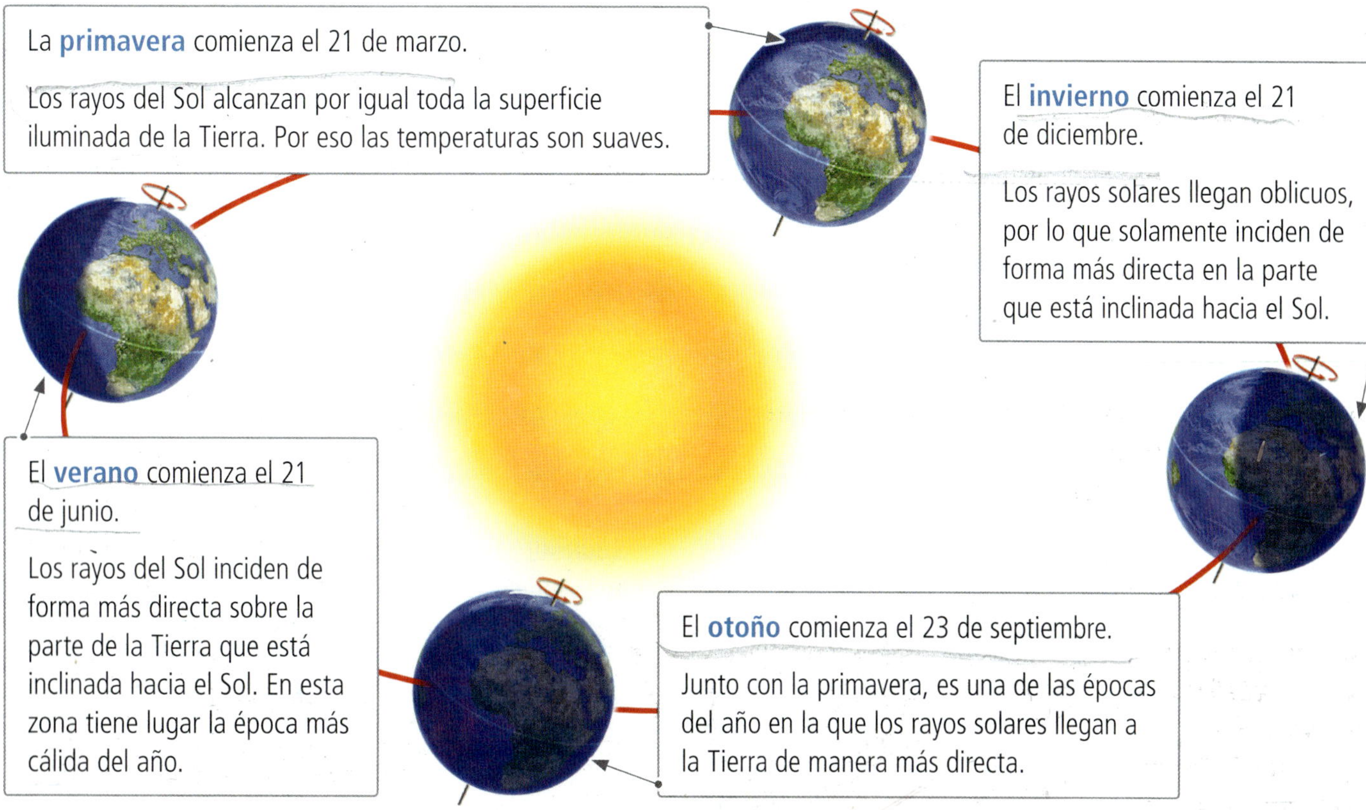

La **primavera** comienza el 21 de marzo.

Los rayos del Sol alcanzan por igual toda la superficie iluminada de la Tierra. Por eso las temperaturas son suaves.

El **invierno** comienza el 21 de diciembre.

Los rayos solares llegan oblicuos, por lo que solamente inciden de forma más directa en la parte que está inclinada hacia el Sol.

El **verano** comienza el 21 de junio.

Los rayos del Sol inciden de forma más directa sobre la parte de la Tierra que está inclinada hacia el Sol. En esta zona tiene lugar la época más cálida del año.

El **otoño** comienza el 23 de septiembre.

Junto con la primavera, es una de las épocas del año en la que los rayos solares llegan a la Tierra de manera más directa.

La Tierra vista desde el espacio

Nuestro planeta tiene **forma esférica,** aunque no es una esfera perfecta: está ligeramente achatada por los polos.

En la Tierra, vista desde el espacio, predomina el **color azul,** a consecuencia del agua que abunda en el planeta. También se distinguen los continentes y las tierras emergidas. Las nubes se aprecian como manchas blancas en movimiento.

Las características físicas de la **Tierra** permiten que en nuestro planeta se desarrolle **vida.**

La Tierra realiza un **movimiento de rotación** sobre sí misma, que origina el día y la noche, y un **movimiento de traslación** alrededor del Sol, que da lugar a las estaciones.

1. ¿Por qué no se ha desarrollado vida en otros planetas del sistema solar?
2. Representa en un dibujo los movimientos de rotación y de traslación de la Tierra. ¿A qué da lugar cada uno de ellos?
3. Investiga y explica por qué los días son más largos en verano que en invierno. ¿Cómo afecta la duración del día al ciclo vital de los animales y las plantas? Explica las principales características de las plantas de tu entorno durante cada una de las estaciones del año.

Las partes de la Tierra

En la Tierra se encuentran **materiales sólidos, agua** y **gases** que se estructuran en tres capas: **geosfera, hidrosfera** y **atmósfera.**

La geosfera

Los **materiales sólidos** de la Tierra forman la **geosfera.** Para su estudio se divide en tres **capas:** corteza, manto y núcleo.

La **corteza** es la capa más externa y delgada. Forma los continentes, las islas y el fondo de los océanos y los mares.

El **manto** es la capa intermedia del interior de la Tierra. En él, la temperatura es alta, por lo que algunos de sus materiales están fundidos.

El **núcleo** es la capa más interna. Está formada por metales, como el hierro y el níquel, que se encuentran a una temperatura muy elevada.

La litosfera: minerales y rocas

La **litosfera** es la capa rígida de la Tierra. Incluye la corteza y la parte superior del manto. Está compuesta de minerales y rocas.

Un **mineral** es un elemento sólido de origen natural. Se caracteriza porque no tiene ningún resto de seres vivos y porque siempre lo forman los mismos componentes químicos. Los minerales se clasifican según sus **características:** color, brillo y dureza.

Una **roca** es un compuesto sólido, originado a partir de un proceso natural. Puede estar formada por uno o más tipos de minerales. Según su origen, se distinguen tres **tipos de rocas:**

- **Sedimentarias,** como el carbón. Se generan a partir de la acumulación de materiales procedentes de otras rocas o de restos de seres vivos.
- **Magmáticas,** como el granito. Se forman cuando se enfría y se hace sólido material que se encuentra fundido en el interior de la Tierra, y que se denomina magma.
- **Metamórficas,** como el mármol. Se originan en el interior de la corteza, cuando los minerales de otras rocas se transforman a consecuencia de diversas causas, como variaciones en la temperatura.

Las rocas fragmentadas, junto con otros elementos como sales minerales, agua o restos de seres vivos, forman el **suelo.**

Recuerda

Uso de minerales y rocas

Las primeras herramientas que usó el ser humano fueron minerales y rocas. Desde entonces, han tenido **usos** muy variados, por ejemplo:

Obtención de energía

Material de construcción

Uso alimentario

La hidrosfera

La **hidrosfera** está formada por la totalidad del **agua,** en sus diversas formas, que hay en la Tierra. Se distribuye en los océanos y los mares, el agua de los continentes y la atmósfera.

El agua describe un proceso que se conoce como el **ciclo del agua.**

3 Cuando el vapor de agua asciende, se enfría y se condensa. Así se forman las nubes.

4 Las corrientes de aire mueven las nubes, por lo que se enfrían y colisionan, produciéndose precipitaciones. Estas pueden caer en forma de lluvia, nieve o granizo, con lo que el agua vuelve a fluir.

2 El Sol calienta el agua y parte de ella se evapora.

1 El agua se encuentra en las masas de agua salada, como los océanos y los mares, o de agua dulce, en los continentes. En ellos se localiza en forma líquida en ríos, lagos y acuíferos, y en forma de nieve y de hielo en cimas de montañas y en los polos.

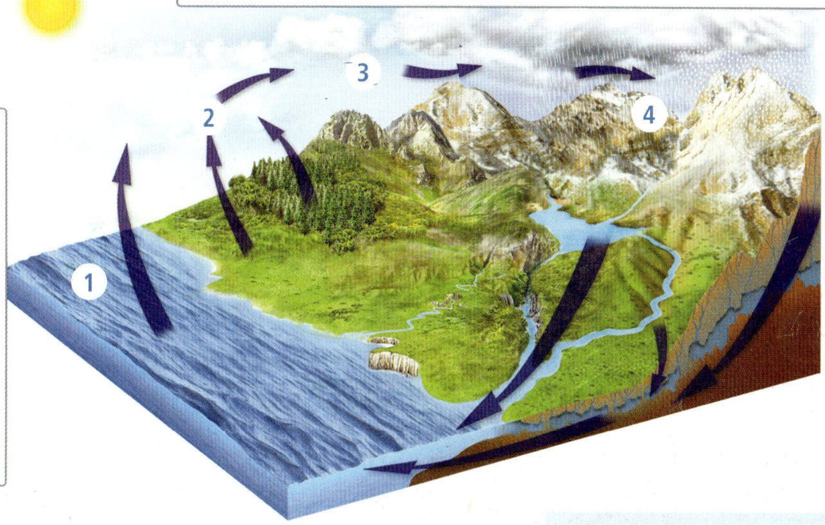

La atmósfera

La **atmósfera** es la **parte gaseosa** de la Tierra. Está compuesta por una mezcla de gases que llamamos **aire.** Entre estos gases destacan el oxígeno, que permite respirar a los seres vivos, y el dióxido de carbono, necesario para que las plantas elaboren su alimento.

La **Tierra** está formada por la **geosfera,** compuesta por materiales sólidos, la **hidrosfera,** formada por agua, y **la atmósfera,** compuesta por gases.

Capas de la atmósfera

- La **mesosfera,** que es la capa más exterior.
- La **ionosfera,** que es donde se producen las auroras boreales.
- La **estratosfera,** que es donde se encuentra la capa de ozono.
- La **troposfera,** que es la capa que se encuentra en contacto con la superficie terrestre. Aquí se desarrolla la vida, ya que se encuentran los gases necesarios para los seres vivos. Además, en ella tienen lugar los fenómenos meteorológicos, como la lluvia.

1. Resume en un esquema las partes de la Tierra.
2. Explica la relación entre las nubes y las fases del ciclo del agua.
3. Clasifica estas palabras según se relacionen con la geosfera, la hidrosfera o la atmósfera: *mar, núcleo, oxígeno, corteza, río, nube, manto, océano, estratosfera, nieve, rocas, troposfera, litosfera.*

La Luna

La **Luna** es el único **satélite** natural de la Tierra. Se encuentra a una distancia aproximada de 384 000 kilómetros de la Tierra y tiene un tamaño cuatro veces menor que nuestro planeta. No dispone de una atmósfera protectora, por lo que su superficie está llena de cráteres provocados por el impacto de meteoritos. La Luna no tiene luz propia, pero se ve iluminada porque refleja la luz del Sol.

Los movimientos de la Luna

La Luna, al igual que la Tierra, realiza los **movimientos** de rotación y de traslación.

- **Movimiento de rotación.** La Luna gira sobre sí misma. Tarda aproximadamente **28 días** en dar una vuelta completa.
- **Movimiento de traslación.** La Luna gira alrededor de la Tierra y la acompaña en su traslación en torno al Sol. La Luna completa una vuelta alrededor de la Tierra en **28 días.** Durante este movimiento, desde la Tierra se observa la Luna de diferentes aspectos, según su posición respecto del Sol. Estos se denominan **fases lunares** y son cuatro: luna nueva, cuarto creciente, luna llena y cuarto menguante.

Fases de la Luna

1 Luna llena. Cuando los rayos del Sol inciden en la cara de la Luna que se ve desde la Tierra, se puede ver toda la cara iluminada.

2 Cuarto menguante. En esta fase se ve la mitad de la Luna iluminada.

3 Luna nueva. La Luna está entre la Tierra y el Sol, y la cara iluminada no se ve desde la Tierra.

4 Cuarto creciente. En esta fase se ve la mitad de la Luna iluminada.

Eclipses y mareas

La situación de la **Luna** y de la **Tierra** y los **movimientos** de estos dos cuerpos celestes tienen dos efectos: los eclipses y las mareas.

Los eclipses

Los eclipses se producen cuando **el Sol o la Luna quedan ocultos** por la sombra de otro astro que se interpone en su visión desde la Tierra. Esto se debe a un efecto óptico ya que, aunque el Sol es cuatrocientas veces mayor que la Luna, la enorme distancia a la que se encuentran hace que desde la Tierra se vean a un tamaño similar. Los eclipses pueden ser:

- **Totales,** si el astro queda totalmente tapado.
- **Parciales,** si solo queda visible una parte de él.

Existen eclipses de Sol y de Luna.

El eclipse de Sol se produce cuando este no puede ser visto desde la Tierra porque la Luna se sitúa entre nosotros y él e impide que lo veamos.

En el eclipse de Luna, la Tierra se interpone entre el Sol y la Luna e impide que esta refleje la luz de aquel.

La **Luna** es el satélite natural de la Tierra. Realiza un movimiento de rotación y otro de traslación, que provoca que desde la Tierra se observen diferentes **fases lunares.**

Los **eclipses** y las **mareas** están relacionados con la Luna.

Las mareas

Las mareas son la **variación** que se produce en el **nivel de las aguas** de mares y océanos. Se relacionan con la atracción de la Luna causada por la fuerza de la gravedad. Como el agua tiene la capacidad de fluir, a diferencia de la corteza terrestre, esta atracción provoca estas variaciones. Existen dos **tipos de mareas**: la marea alta y la marea baja.

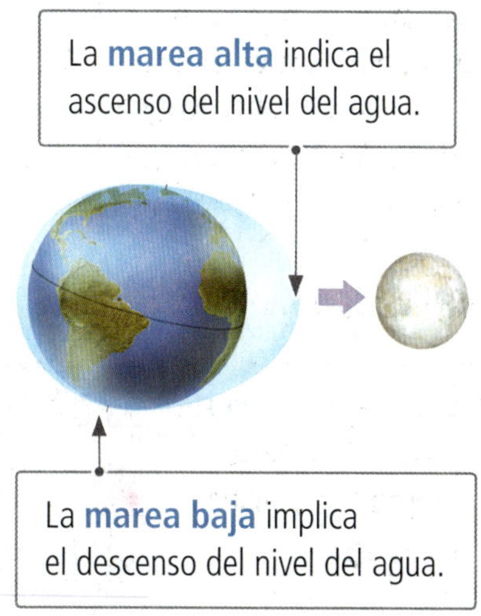

1. Dibuja las fases de la Luna e indica dónde está el Sol en cada caso.
2. ¿Por qué los meteoritos impactan sobre la superficie de la Luna?
3. Investiga qué es la cara oculta de la Luna y explica cómo se relaciona con la duración de los movimientos de rotación y de traslación del satélite.
4. Identifica qué eclipse aparece en la imagen de la derecha y describe brevemente cómo se produce este fenómeno.

Globos terráqueos y planisferios

Globo terráqueo

Representa la Tierra sobre una esfera. Aunque la Tierra no es del todo esférica, pues está achatada por los polos, constituye la representación más exacta, ya que mantiene, a tamaño reducido, la dimensión y la forma de continentes y océanos.

Planisferio o mapamundi

Representa la Tierra sobre una superficie plana. Las distancias y la forma de continentes y océanos se muestran ligeramente deformadas, pues se dibuja sobre una superficie plana algo que, en realidad, posee una forma casi esférica.

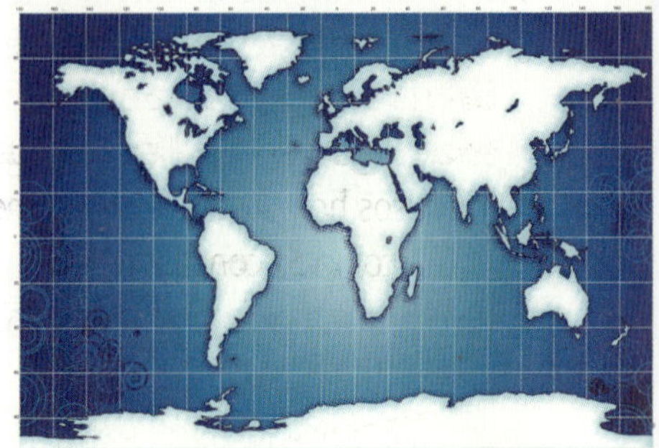

La disciplina que se encarga de representar la superficie de la Tierra, o parte de ella, a través de mapas se denomina **cartografía.**

Orientación y localización

Para orientarse en la Tierra se usan los **puntos cardinales:** norte, sur, este y oeste. Para conocer la localización exacta de un punto se usan los **meridianos** y los **paralelos.** Estos son unas líneas imaginarias que se dibujan alrededor de la Tierra y forman las **coordenadas geográficas.**

Meridianos y paralelos

Los **meridianos** son circunferencias que rodean la Tierra de norte a sur y pasan por los dos polos. El meridiano de referencia es el **meridiano de Greenwich,** o meridiano 0°.

Los **paralelos** son circunferencias paralelas que rodean la Tierra de este a oeste. El **ecuador** es el paralelo de referencia y divide a la Tierra en dos hemisferios: norte y sur. Otros **paralelos importantes** son: el círculo polar ártico, el círculo polar antártico, el trópico de Cáncer y el trópico de Capricornio.

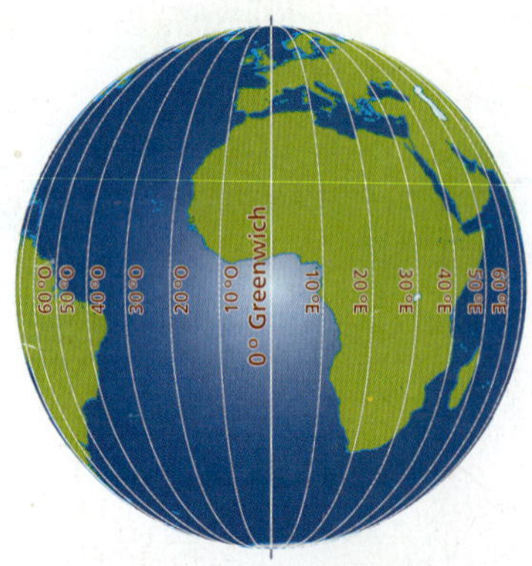

Longitud y latitud

Las **coordenadas geográficas** forman una red imaginaria que permite localizar cualquier punto terrestre. Estas coordenadas son:

- La **longitud.** Es la distancia que hay desde cualquier punto de la Tierra hasta el meridiano de Greenwich. Se mide en grados, indicando si está hacia el este o hacia el oeste del meridiano 0°.
- La **latitud.** Es la distancia que hay, en grados, desde cualquier punto de la Tierra hasta el ecuador. Se indica si está al norte o al sur del mismo.

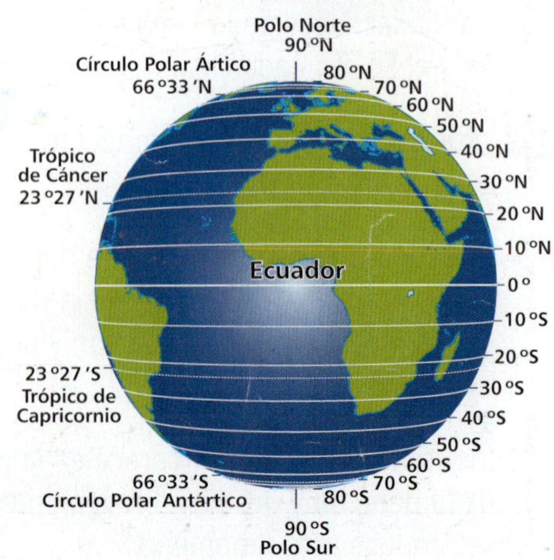

Recuerda

Los husos horarios

Los lugares de la Tierra que están en el mismo meridiano tienen la misma hora solar. Según esto, la Tierra se puede dividir en 24 franjas imaginarias de una hora: los husos horarios. Estos no coinciden exactamente con los meridianos porque se hacen coincidir con las fronteras de los países. Cada 15º de longitud hay una hora de diferencia, una hora más hacia el este y una menos hacia el oeste.

La Tierra se puede representar en **globos terráqueos** o en **planisferios.**

Los **paralelos** y los **meridianos** son líneas imaginarias sobre las que se miden la **latitud** y la **longitud.**

1. Señala al menos una ventaja y un inconveniente de la representación en planisferios frente a la representación en globos terráqueos.

2. Identifica cada uno de estos conceptos con los elementos que aparecen señalados en la imagen de la derecha:

Hemisferio norte | Hemisferio sur | Meridiano 0° | Círculo polar ártico | Trópico de Capricornio | Círculo polar antártico | Trópico de Cáncer

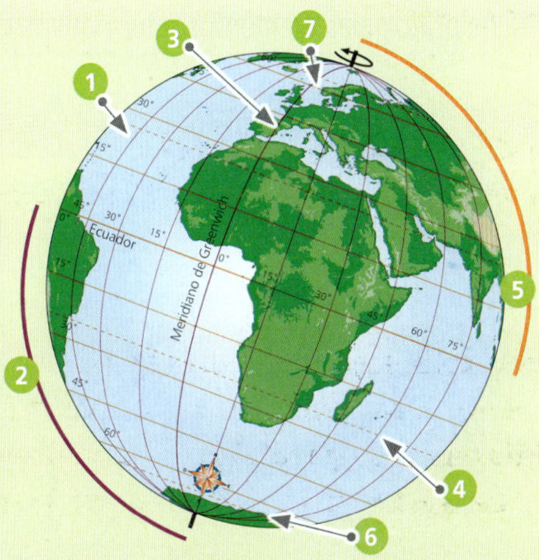

3. Indica las coordenadas de las ciudades que aparecen en el siguiente mapa, como se muestra en el ejemplo. Según los husos horarios, ¿en qué ciudades la hora irá más adelantada respecto a Londres?

TRABAJAMOS CON LOS MAPAS

Un mapa es la representación de un territorio mediante dibujos y símbolos. Si ofrecen información detallada sobre un espacio concreto, como una ciudad, se denominan planos. Según el tipo de información que presentan, los mapas pueden ser:

- Físicos: muestran accidentes geográficos, como montañas y ríos.
- Temáticos: informan de aspectos concretos del territorio a través de símbolos y colores. Los más comunes son los mapas políticos, que representan la división de un territorio en países, provincias, etc.

Así se hace

Los principales elementos informativos que aparecen en un mapa son:

El título indica el territorio que muestra el mapa y el tipo de información que ofrece.

En la leyenda se presentan claves sobre cómo interpretar los símbolos o olores que aparecen en el mapa.

La escala informa sobre la relación entre las dimensiones del mapa y las del territorio que se representa. Puede ser numérica o gráfica.

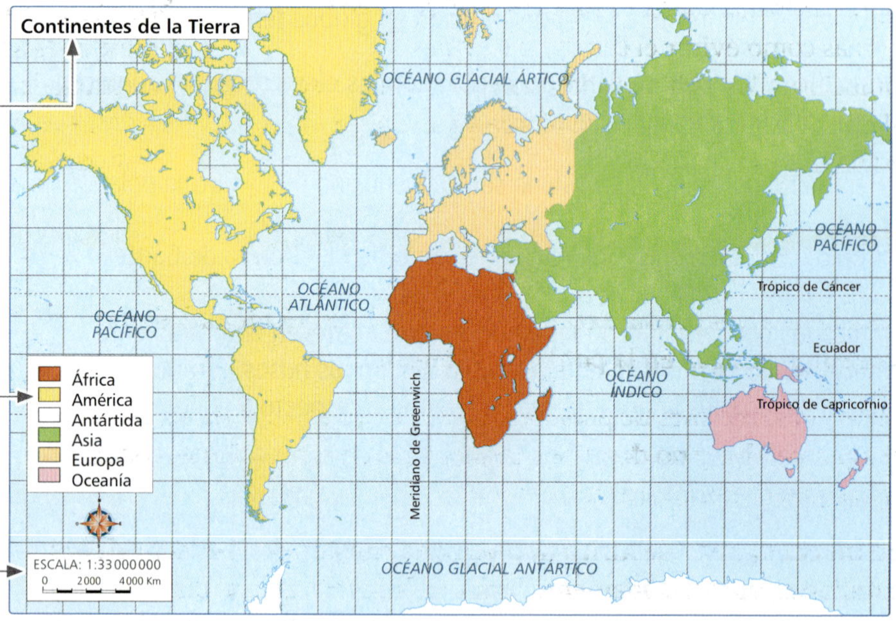

La escala numérica indica la relación entre los centímetros del mapa y los centímetros reales. Por ejemplo, si la escala es de 1:1 000 000, entonces 1 centímetro del mapa equivale a 1 000 000 cm de distancia real (10 km).

La escala gráfica es una pequeña regla que permite calcular distancias sobre el mapa.

AHORA ME TOCA A MÍ

1. Indica qué información aporta cada uno de los elementos en el mapa del ejemplo. ¿A cuántos km de distancia real equivale 1 cm de este mapa?
2. ¿Un mapa con escala 1:250 000 es más detallado que uno con escala 1:1 000 000? ¿Por qué?
3. Localiza en los mapas del Anexo cinco ríos y cinco países de diferentes continentes. Después, responde:
   - **a.** ¿Qué mapa has usado en cada caso?
   - **b.** Si tuvieras que localizar la calle de una ciudad, ¿qué tipo de representación utilizarías?, ¿por qué?

CUIDAMOS EL AGUA

El agua es el principal componente de la Tierra. Si dividiéramos nuestro planeta en cuatro partes, tres serían de agua. Sin embargo, no toda esa agua puede destinarse al consumo humano. La mayor parte es agua salada, que no se puede beber. Del resto, que es agua dulce, la mayoría se encuentra en los polos en estado sólido.

Por tanto, solo el 1% del total del agua de la Tierra se puede beber. Pero no toda esa agua está limpia: el agua de lagos, ríos y acuíferos requiere un tratamiento para poder ser consumida sin riesgos.

Por todo ello, se hace imprescindible gestionar el agua de manera adecuada y eficaz. Urge tomar medidas como evitar el derroche de agua, promocionar los cultivos adaptados al tipo de suelo y al clima del lugar donde se plantan y evitar la contaminación del agua.

1. ¿Por qué crees que es importante adecuar las plantas al tipo de suelo y al clima del lugar en que se cultivan?
2. Explica por qué tenemos que colaborar para que todas las personas dispongamos de agua potable.
3. ¿Qué acciones concretas puedes poner hacer tú para evitar el derroche de agua y su contaminación? Diseña un cartel en el que las resumas.

La estadística nos permite conocer algunos datos relacionados con el consumo de agua en la población mundial:

- Unos 1 500 millones de personas en el mundo carecen de acceso al agua potable y no disponen de servicios de saneamiento, como tuberías o canalizaciones.
- En muchos países de África una persona consume en sus actividades cotidianas, aproximadamente, unos 10 litros de agua al día. El consumo diario por persona en la mayoría de los países de Europa y en Estados Unidos es superior a los 300 litros.

4. A partir de los datos estadísticos que se han ofrecido, organizad un debate en el aula, explicando si consideráis que el problema del agua es una cuestión de escasez o de un reparto desigual.

   Podéis dedicar un tiempo previo para la preparación del mismo, consultando en internet algunos datos sobre este tema que os permitirán apoyar vuestros argumentos.

¡INOLVIDABLE!

1 Copia y completa las oraciones siguientes.

- Los ..... orbitan alrededor de los planetas.
- Los astros se agrupan formando .....
- El planeta más cercano al Sol es .....
- La Tierra gira alrededor del ..... describiendo una ..... elíptica.
- El Sol es una ..... que se encuentra en el centro del ..... Este forma parte de una ..... llamada ..... .

2 Indica el nombre de los planetas y cuerpos celestes que se señalan en la imagen.

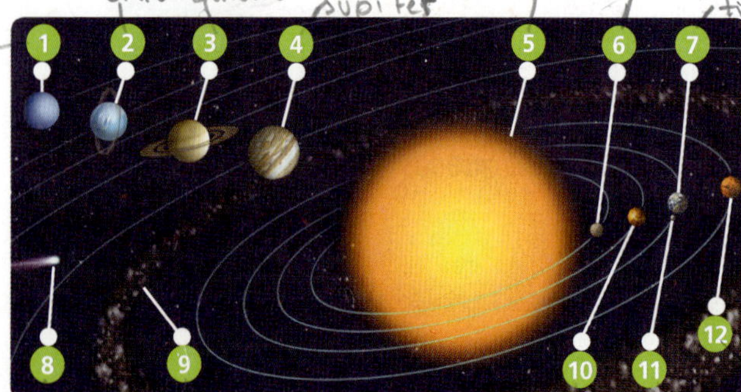

3 Observa las imágenes e indica en qué fase se encuentra la Luna en cada caso.

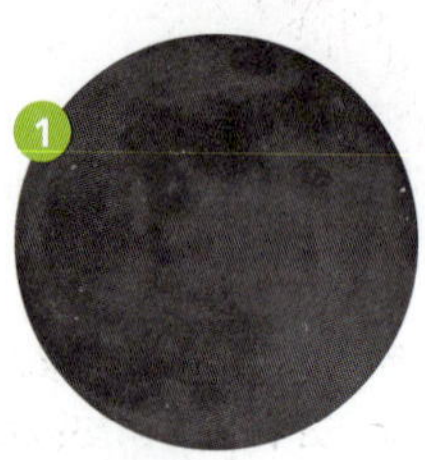

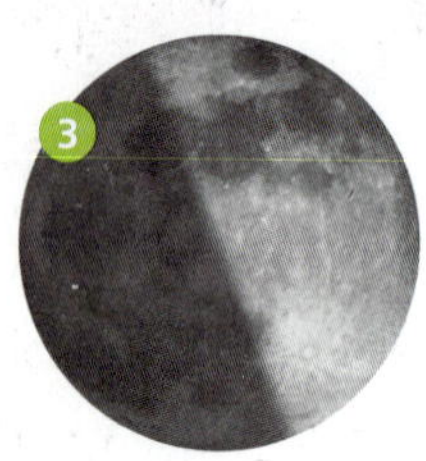

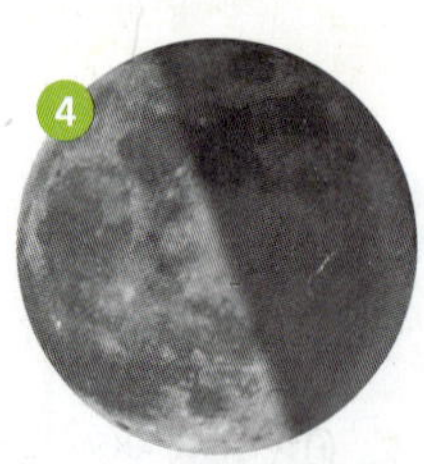

4 Indica cuáles de los siguientes conceptos se relacionan con los movimientos de la Luna y cuáles con los movimientos de la Tierra.

a. Estaciones.
b. Día y noche.
c. Mareas.
d. Año.

5 Completa esta descripción de la Tierra.

La Tierra tiene forma de ..... . El color que predomina en el planeta, visto desde el espacio es el ....., por .....

6 Copia y completa esta tabla.

Parte	.....	Hidrosfera	.....
Material	Gases	.....	.....
Proceso o fenómeno	.....	.....	Formación de rocas

7 Indica con qué tipo de roca se asocia cada uno de estos procesos de formación:

a. Solidificación de magma.
b. Transformación de minerales de otras rocas.
c. Acumulación de materiales procedentes de otras rocas o de restos de seres vivos.

8 Indica si estas oraciones son verdaderas o falsas.

a. Los planisferios representan la Tierra sobre una superficie plana.
b. El globo terráqueo representa que la Tierra es achatada por los polos.
c. La representación de la Tierra en un planisferio es más exacta que en un globo terráqueo.

9 Completa el título de este mapa e identifica el nombre de cada uno de los elementos que se indican.

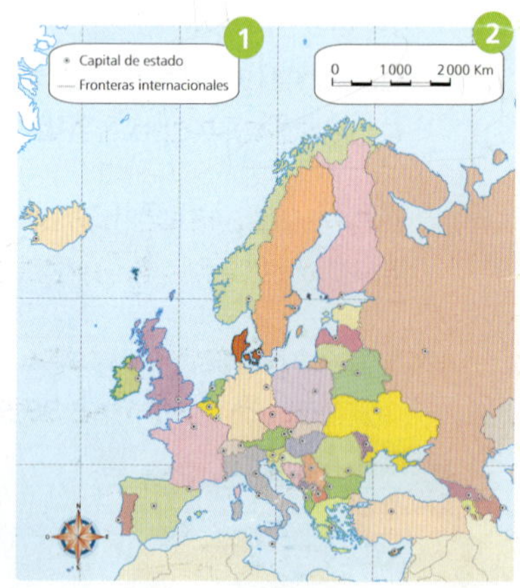

Mapa ..... de .....
1: .....
2: .....

10 Copia y completa la siguiente tabla.

	Líneas imaginarias	Línea de referencia
Latitud	.....	.....
Longitud	.....	.....

11 Resuelve las siguientes actividades a partir del texto y de la imagen que aparecen a continuación.

Un mural del sistema solar

Juan tiene que hacer un mural sobre el sistema solar. Ha estado buscando información, pero no la ha guardado bien y ahora está todo mezclado. ¡Vaya lío! ¿Ayudas a Juan a organizar las imágenes y los datos de los que dispone?

A Observa las imágenes que ha reunido Juan e identifica a qué astro corresponde cada una.

B ¿Qué cuerpos celestes del sistema solar faltan para completar la información del mural?

C La fotografía de la Luna fue tomada por Juan hace 14 días. ¿En qué fase se encontrará la Luna hoy?

1. Cuarto creciente.
2. Luna llena.
3. Cuarto menguante.
4. Luna nueva.

D Ayuda a Juan a clasificar los planetas en dos tipos. Indica qué nombre recibe cada grupo y señala dos diferencias entre cada uno de ellos.

E Observa en la tabla las distancias de cada planeta hasta el Sol y responde a las siguientes preguntas, a partir de los datos que aparecen en ella.

Distancias aproximadas hasta el Sol (en millones de kilómetros)			
150	778	58	4 500
228	1 430	2 880	108

1. Ordena, empezando desde la cifra más baja, estas distancias. Después, teniendo en cuenta este orden y la posición de los planetas en el sistema solar, identifica qué distancia corresponde a cada uno.
2. Calcula la distancia que hay entre la Tierra y los dos planetas que se encuentran más cerca. ¿Con cuál de ellos la distancia es menor?

2 TIEMPO Y CLIMA

¿Qué actividades realizadas por las personas o por las instituciones pueden perjudicar al medio natural? ¿Y cuáles pueden ayudar a cuidarlo?

Si lográis reconquistar la Tierra, estableceréis una relación mutua con el planeta. Por eso, os invito a conocer los climas, para saber cómo influirán en vuestra vida, y a tomar conciencia de las acciones que debéis realizar para proteger la Tierra.

¿Para qué puede resultar útil saber si mañana lloverá? ¿Y saber si en verano llueve mucho en un lugar concreto?

¿Qué imágenes se utilizan en geografía para estudiar el clima de un lugar?, ¿qué tipo de información aporta cada una de esas imágenes?

El tiempo y los fenómenos atmosféricos

El **tiempo atmosférico** es el conjunto de condiciones que definen el **estado de la atmósfera** en un momento dado y en un determinado lugar.

Los **fenómenos atmosféricos** son los procesos naturales que tienen lugar en la atmósfera, como la lluvia o la niebla, y que implican **cambios** en el estado de la misma. Estos cambios afectan al planeta y a los seres vivos. Los fenómenos atmosféricos están condicionados por las variaciones en los **elementos climáticos.**

Elementos climáticos

La **temperatura** es la cantidad de calor acumulado en el aire en un lugar determinado. Se mide en grados centígrados.

La **humedad** atmosférica es la cantidad de vapor de agua que contiene el aire. Si ese vapor se condensa, se forman nubes o niebla.

El **viento** es el aire en movimiento. Este elemento desplaza las nubes e influye en la temperatura, ya que mueve masas de aire frío o caliente. El origen del viento se relaciona con los desplazamientos de masas de aire: como el aire caliente pesa menos, asciende, y el aire frío, que pesa más, se desplaza para ocupar su lugar.

Las **precipitaciones** son el agua que cae de la atmósfera a la superficie terrestre. Puede hacerlo de dos modos:

- Forma líquida (lluvia).
- Forma sólida (nieve o granizo).

La **presión atmosférica** es el peso que ejerce el aire de la atmósfera sobre la superficie de la Tierra. No es igual en todas las partes del planeta: por ejemplo, en la cima de una montaña se soporta menos aire por encima y, por tanto, allí la presión es menor que en una playa.

Amplía

Las catástrofes meteorológicas

En ocasiones, los **fenómenos atmosféricos** alcanzan **gran intensidad,** de forma que pueden producir graves daños. En estos casos, se habla de catástrofes meteorológicas. Las más frecuentes son:

- Las **olas de calor.** Son épocas caracterizadas por altas temperaturas, que pueden provocar daños a los seres vivos.
- Las **inundaciones.** Suceden cuando cae una gran cantidad de lluvia en poco tiempo.
- Las **sequías.** Se producen cuando se dan largos períodos de tiempo sin precipitaciones.
- Los **huracanes,** también llamados ciclones o tifones. Son masas de aire acompañadas de fuertes vientos e intensas precipitaciones.

Un tornado es un torbellino de viento, que suele tomar forma de embudo, que se desplaza en contacto con el suelo.

La predicción del tiempo

El estado de la atmósfera y sus variaciones son estudiados por los **meteorólogos.** Para medir los fenómenos meteorológicos utilizan diversos **instrumentos**, que se encuentran en las estaciones meteorológicas.

El **anemómetro** mide la velocidad del viento.

La **veleta** indica la dirección del viento.

El **pluviómetro** mide las precipitaciones.

El **termómetro** permite medir la temperatura.

El **barómetro** mide la presión atmosférica.

La información que recogen en estas **mediciones** es ampliada con datos obtenidos por otros medios, como los satélites meteorológicos, lo que les permite elaborar **predicciones** sobre el tiempo.

El mapa del tiempo

La información recogida por los meteorólogos sobre el estado de la atmósfera es reflejada en mapas del tiempo. En ellos, sobre cada zona, se señala:

- La temperatura mínima y la máxima.
- Un símbolo que representa el estado de la atmósfera.

Los símbolos que se utilizan suelen ser siempre los mismos, para poder ser interpretados con facilidad.

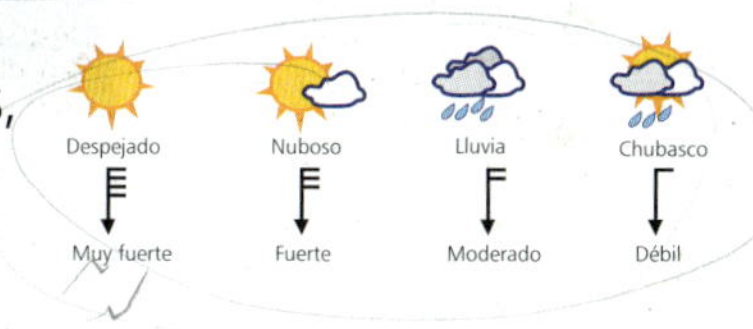

El **tiempo atmosférico** está determinado por las condiciones de temperatura, humedad, viento, precipitaciones o presión.

Los cambios en estos elementos provocan **fenómenos** que son estudiados por los **meteorólogos.**

1. Nombra y define los elementos climáticos.
2. Elabora un listado con las catástrofes meteorológicas, indicando con qué elemento climático se relaciona cada una. Después, investiga qué otras catástrofes naturales no relacionadas con la meteorología existen.
3. Explica qué es una estación meteorológica. ¿Qué instrumentos se encuentran en ella y para qué sirve cada uno?
4. ¿En qué circunstancias crees que es más importante conocer la predicción meteorológica? Explica cómo se puede obtener esta información.

El clima y sus factores

El **clima** es el **tiempo** atmosférico que predomina habitualmente en una zona durante un **período largo** de tiempo.

Las **condiciones climáticas** de un lugar concreto, es decir, aspectos como su temperatura o las precipitaciones que caen allí, están influidas por sus características geográficas. Estas características se denominan **factores climáticos.**

El **relieve** condiciona las precipitaciones, ya que las montañas pueden ejercer de barrera para las nubes.

La **altitud** influye en la temperatura. Esto se debe a que la temperatura es menor cuanto más se asciende en altura.

La **influencia del mar** hace que, en las zonas costeras, la temperatura sea más suave. Esto se debe a que el mar tarda más en enfriarse y en calentarse que la tierra. Por tanto, el efecto regulador del mar en la costa reduce las variaciones de temperatura entre el día y la noche y entre el verano y el invierno.

La **latitud** es la distancia que existe entre un punto de la Tierra y el ecuador. Cuanto mayor sea esa distancia, más baja será la temperatura. Esto se debe a las diferencias en la inclinación de los rayos solares que llegan a cada zona.

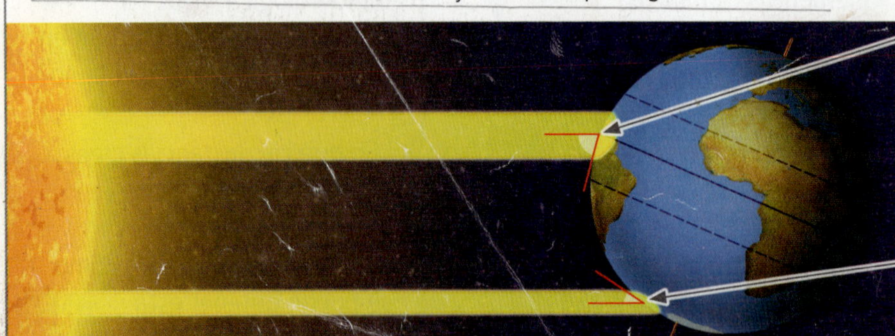

En las zonas próximas al ecuador los rayos solares inciden más directamente, de forma casi perpendicular, por lo que calientan más.

Al aumentar la distancia al ecuador, los rayos solares llegan más inclinados y esas zonas reciben menos calor.

Las zonas climáticas

La Tierra se divide en **zonas climáticas**, cuyas características varían según la cercanía o lejanía del ecuador. Se distinguen una zona cálida, dos zonas frías y dos zonas templadas.

La **zona cálida** se sitúa en torno al ecuador, en el espacio comprendido entre el trópico de Cáncer y el trópico de Capricornio. Se denomina así porque las temperaturas permanecen elevadas durante todo el año.

Las **zonas templadas** se sitúan entre la zona cálida y las zonas frías. Por tanto, hay una zona templada en el hemisferio norte y otra en el hemisferio sur. Los climas de esta zona alternan cuatro estaciones marcadas por los cambios de temperatura.

Las **zonas frías** se sitúan entre el círculo polar ártico y el polo norte y entre el círculo polar antártico y el polo sur. Estas zonas se caracterizan por sus bajas temperaturas.

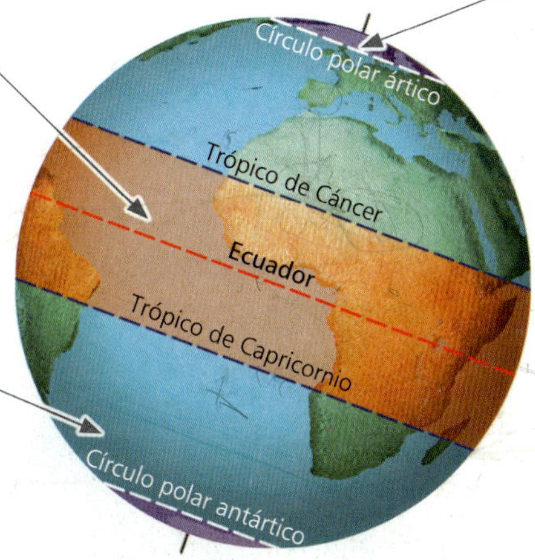

El **clima** es el tiempo que predomina en una zona durante un período largo. Sus características están condicionadas por los **factores climáticos:** relieve, altitud, influencia del mar y latitud. La latitud determina la existencia de **zonas climáticas.**

1. Explica la diferencia entre tiempo atmosférico y clima.
2. Indica cuáles son los factores climáticos y cómo incide cada uno en el clima. Después, explica cómo influyen los factores climáticos en el clima de tu región.
3. Elabora una leyenda para el mapa de las zonas climáticas que aparece a continuación. Después, indica la latitud de cada zona.

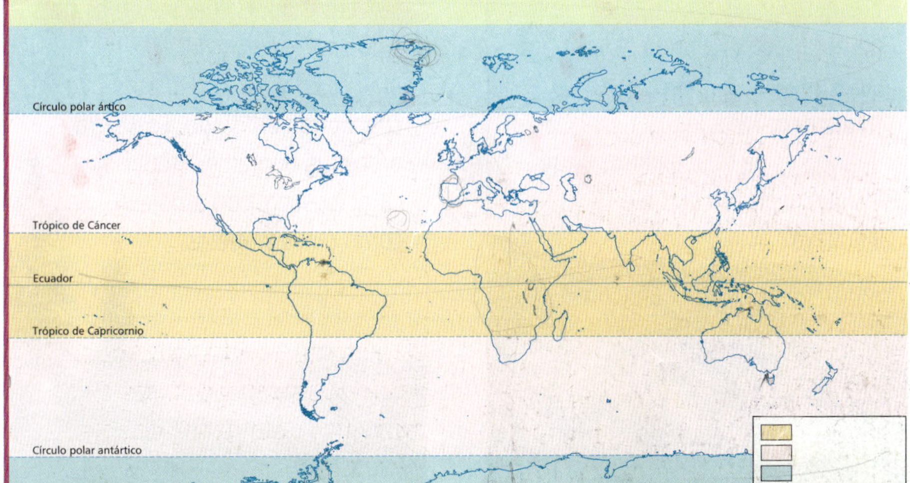

Amplía

Estaciones y seres vivos

Las estaciones se relacionan con la posición de la Tierra durante el movimiento de traslación y durante ellas se producen variaciones en las temperaturas, sobre todo en las zonas templadas. Influyen en las plantas, por ejemplo en los árboles de hoja caduca, y en los animales, como las migraciones de animales que buscan temperaturas más cálidas.

Los climas de la Tierra

Los elementos climáticos están relacionados entre sí y de su combinación resultan los **climas.** El clima determina la **vegetación** de una zona y, por tanto, el **paisaje** de una región.

Existen diversos **tipos de clima** en la Tierra, que se pueden clasificar en tres grupos: cálidos, templados y fríos. Cada grupo alberga distintos tipos de paisaje característicos.

Climas cálidos

Se caracterizan por tener temperaturas elevadas todo el año. Destacan:

Clima ecuatorial. Las lluvias son abundantes todo el año en las zonas de clima ecuatorial. En ellas se desarrolla la **selva ecuatorial,** donde habita una enorme cantidad y variedad de especies vegetales.

Clima tropical. Alterna una estación seca y otra lluviosa. El paisaje propio de estas zonas es la **sabana,** que se caracteriza por extensiones de hierbas bajas donde subsisten pocos árboles, como el baobab y la acacia.

Clima desértico. En él las precipitaciones son escasas durante todo el año. Su paisaje característico es el **desierto cálido,** en el que la escasa vegetación está muy adaptada a la sequedad, como los cactus.

Climas templados

En las zonas templadas se alternan cuatro estaciones. Se dan estos climas:

Clima mediterráneo. Tiene un verano caluroso y seco y un invierno suave. Las precipitaciones se concentran en primavera y otoño. En esta zona se encuentra el **bosque mediterráneo,** con árboles de hoja perenne como la encina.

Clima oceánico o atlántico. Presenta lluvias abundantes durante todo el año. El paisaje característico es el **bosque oceánico,** formado por especies de árboles de hoja caduca, entre las que destacan el roble y la haya.

Clima continental. Se caracteriza por tener inviernos fríos y veranos calurosos. Las precipitaciones son escasas y se concentran en otoño. La **taiga,** o bosque boreal, es su paisaje característico, con árboles como pinos y abetos.

Climas fríos

Se caracterizan por las bajas temperaturas. Destacan:

Clima polar. Se caracteriza por temperaturas muy bajas durante todo el año y precipitaciones escasas, que caen en forma de nieve. Son habituales los **desiertos polares,** con paisajes cubiertos de hielo.

Clima de montaña. En estas zonas los inviernos son largos y fríos y los veranos, secos. Las precipitaciones son abundantes. La vegetación varía según la altitud y la zona climática donde se encuentre la montaña.

1. Investiga e indica al menos tres especies de animales propias de cada zona climática.
2. Observa el mapa e indica cuáles son los climas propios de Europa.
3. Elabora una ficha para cada uno de los climas.
4. Explica cómo influyen la temperatura y las precipitaciones en la selva ecuatorial, el desierto polar y el bosque mediterráneo. ¿Con qué tipo de clima asocias cada paisaje?

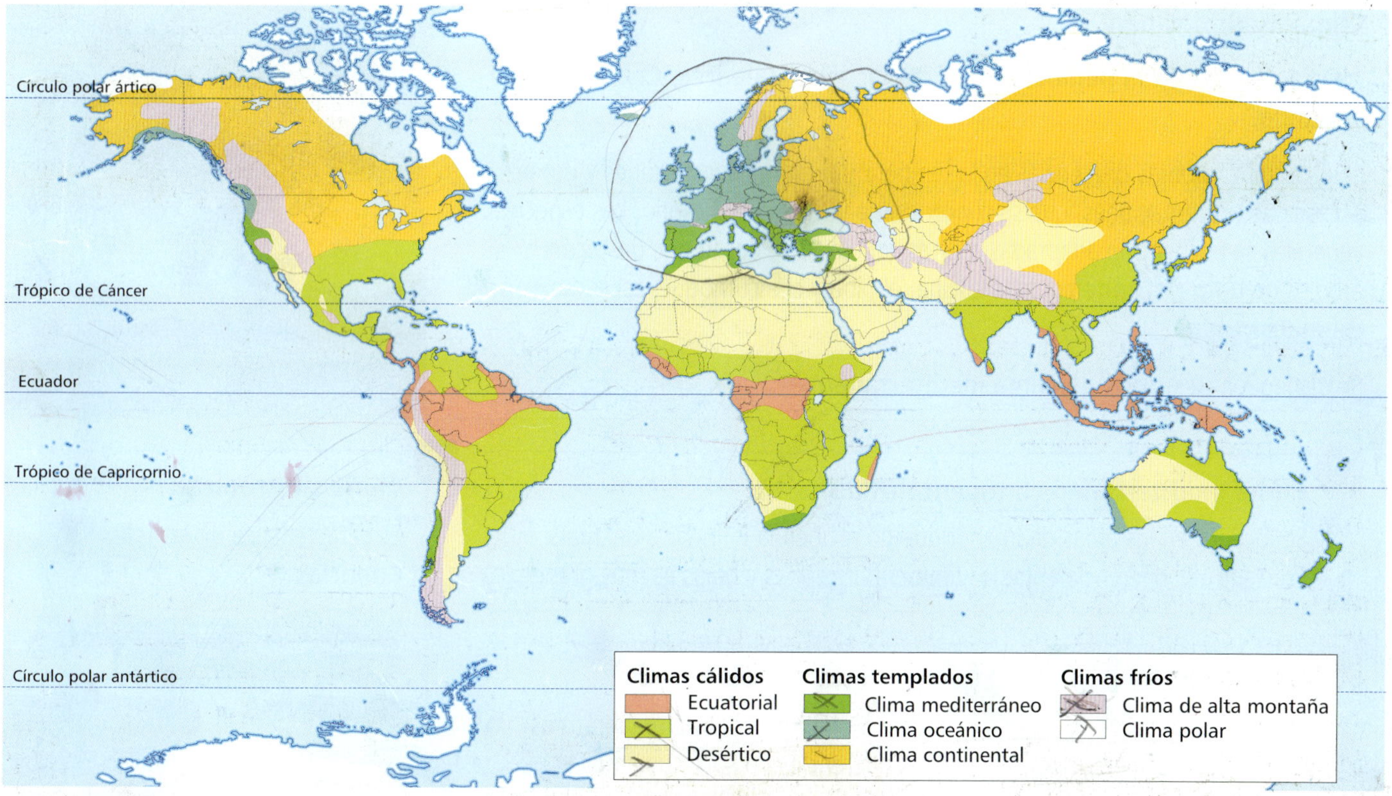

Existen varios tipos de **clima** en la Tierra: **cálidos, fríos y templados.** A cada uno se asocia un **paisaje** característico, cuya **vegetación** está adaptada.

Los climas de España

España está situada en el hemisferio norte, entre el trópico de Cáncer y el círculo polar ártico. Por tanto, se encuentra en la **zona templada** del planeta. Dentro de su territorio se distinguen cuatro **tipos de clima** que determinan, entre otros aspectos, la **vegetación** de cada región.

Clima oceánico

Se localiza en **Galicia** y en la **costa cantábrica.**

Sus temperaturas son suaves y las precipitaciones son abundantes durante todo el año. Esto favorece la existencia de grandes **prados** y bosques de **hoja caduca,** con árboles como la haya y el roble.

Clima de montaña

Se da en los **sistemas montañosos.**

Se caracteriza por inviernos muy fríos y veranos frescos, con precipitaciones abundantes a lo largo de todo el año. La vegetación varía según la altitud, pero destacan especies como el **pino** y el **abeto.**

Clima mediterráneo

Abarca el **resto de la península ibérica, las islas Baleares, Ceuta y Melilla**.

Se caracteriza por las diferencias en la temperatura entre las estaciones y por la escasez de precipitaciones, que se concentran en primavera y otoño. Las especies vegetales se encuentran adaptadas a estas condiciones, por lo que destacan árboles de **hoja perenne** como la encina, el pino y el alcornoque, así como **zonas de matorrales.**

Se distinguen tres **tipos de clima mediterráneo:**

Clima mediterráneo continentalizado

Se localiza en las áreas de interior que no reciben la influencia del mar. Por tanto, la diferencia entre las temperaturas altas y bajas es muy grande.

Clima mediterráneo marítimo

Se localiza en las zonas costeras del mar Mediterráneo. Las temperaturas varían entre las estaciones, aunque las diferencias no son muy amplias.

Clima mediterráneo seco

Localizado en algunas regiones del sureste peninsular, se caracteriza por sus escasas precipitaciones.

Clima subtropical

Es característico de las **islas Canarias.**

Sus temperaturas son elevadas durante todo el año y las precipitaciones son escasas. En su paisaje se distinguen especies propias, como el **drago** y la palmera.

España está situada en la **zona templada** del planeta. En ella se diferencian dos grandes tipos de **clima:** el **oceánico** y el **mediterráneo.** Además, las zonas de **montaña** tienen un clima propio y en las islas Canarias se da el **clima subtropical.**

1. Elabora una tabla en la que resumas los tipos de clima que existen en España y las características de cada uno: localización, temperaturas y precipitaciones.

2. Localiza en el mapa de los climas de España las zonas con clima de montaña. Después, consulta el mapa físico del Anexo e indica en qué sistemas montañosos se da este clima.

3. Indica cuál es el tipo de clima de tu localidad y explica por qué lo asocias a este.

4. ¿Con qué clima se asocia cada uno de estos árboles? Explica cómo se adapta cada uno a las condiciones climáticas y añade otros ejemplos de especies asociadas.

A

Encina

B

Roble

El cambio climático

El **clima influye** directamente en la vida de las **personas.** Los seres humanos siempre han procurado establecerse en lugares donde el entorno ofreciera condiciones favorables para su subsistencia, es decir, en zonas donde el clima es más suave.

Sin embargo, las **actividades humanas** también **actúan** sobre la atmósfera y, por tanto, **sobre el clima.** Algunas de ellas pueden tener consecuencias negativas y afectar gravemente a todos los seres vivos que compartimos el planeta, como sucede con el cambio climático.

Las causas del cambio climático

A lo largo de la historia se han detectado diversas variaciones en el clima general del planeta. Además, en los últimos años, los expertos han advertido que algunas actividades realizadas por el ser humano pueden influir en esta variación del clima. Entre las actividades humanas que se relacionan con este **cambio climático** se encuentra el uso de combustibles y de ciertos componentes químicos que emiten gases nocivos a la atmósfera.

Una de las principales manifestaciones del cambio climático que se ha registrado en la actualidad es el **calentamiento del planeta**, que se relaciona, principalmente, con dos fenómenos en los que influye la acción humana: el efecto invernadero y la destrucción de la capa de ozono.

Amplía

La contaminación urbana

La acción del ser humano puede perjudicar a la naturaleza y a la atmósfera. Un claro ejemplo de ello es el llamado **esmog.** Se trata de una niebla debida a la contaminación que en ocasiones puede verse en el cielo de las ciudades.

El efecto invernadero

El planeta está envuelto por una capa de gases que retiene parte del calor que irradia el Sol. Este fenómeno, llamado **efecto invernadero**, ha permitido el desarrollo de vida en el planeta.

El problema se produce cuando este efecto se intensifica y se provoca una subida de la temperatura media del planeta. Este efecto puede aumentar por un uso excesivo de combustibles fósiles, como el carbón y el petróleo, que, al quemarse para obtener energía, envían a la atmósfera una gran cantidad de gases contaminantes.

La capa de ozono

El **ozono** es un gas que forma una capa en la atmósfera encargada de filtrar los rayos del Sol. Sin el ozono no podría existir vida en la Tierra, ya que impide que los rayos solares más peligrosos alcancen el planeta.

Esta capa de ozono se debilita a causa de la acción de ciertos componentes químicos, como los gases que se emplean en aerosoles y sistemas de refrigeración.

La disminución en el grosor de la capa de ozono provoca que las radiaciones solares lleguen con más fuerza a la Tierra.

Las consecuencias del cambio climático

El **calentamiento del planeta** puede acarrear consecuencias muy graves, como las siguientes:

El clima se vuelve más impredecible y aumenta el número de **catástrofes meteorológicas.**

El suelo está más seco, lo que propicia que se produzcan **incendios forestales** y que se extiendan las zonas desérticas.

El **hielo de los polos** se va derritiendo, lo que hace que suba el nivel del mar.

Muchos **animales** y **plantas** se ven **amenazados** por el calentamiento global.

Combatir el cambio climático

Para evitar las graves consecuencias del cambio climático, la sociedad, a través de los gobiernos y de otros grupos sociales, ha logrado poner en marcha medidas que reducen el impacto de la actividad humana sobre la naturaleza. Algunas de estas medidas permiten mantener el desarrollo económico al mismo tiempo que se respeta el patrimonio natural, lo que se conoce como **desarrollo sostenible.**

Además de las medidas gubernamentales, cada persona debe tomar conciencia de la necesidad de adaptar sus **hábitos cotidianos**, de modo que perjudiquen lo menos posible al medioambiente.

El **cambio climático** se manifiesta en el **calentamiento del planeta** y puede tener **consecuencias** graves para los seres vivos.

1. ¿Con qué fenómenos en los que influye la acción del ser humano se relaciona el cambio climático? ¿Cómo se manifiesta?
2. ¿Qué peligro representa para los seres vivos el hecho de que suba el nivel del mar?
3. Infórmate sobre los invernaderos y explica por qué se denomina así el efecto de recalentamiento del planeta.
4. Explica por qué crees que es importante combatir el cambio climático.
5. En grupos, realizad una presentación sobre las medidas tomadas por los gobiernos y grupos sociales para combatir los efectos del cambio climático. Por ejemplo, podéis buscar información sobre el Protocolo de Kyoto.

INTERPRETAMOS CLIMOGRAMAS

Un climograma es la representación gráfica de la temperatura y de la cantidad de precipitaciones que se dan en un lugar durante un período de tiempo, generalmente un año. Su análisis permite estudiar el clima de la zona representada.

Así se hace

En el eje vertical de la izquierda se indican las temperaturas en grados centígrados (°C).

La temperatura alcanzada cada mes se representa con un punto y, después, se unen todos con una línea.

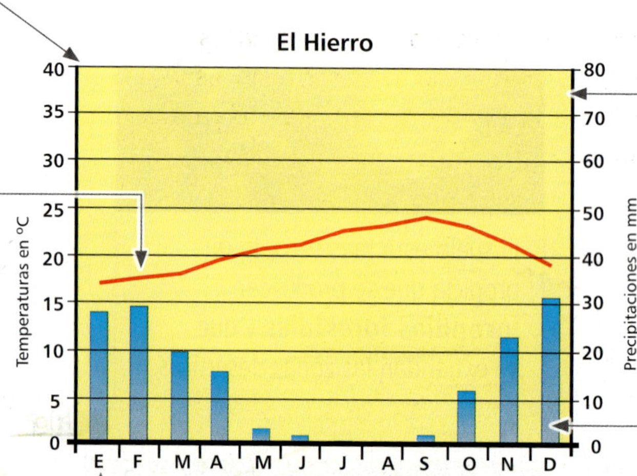

En el eje vertical de la derecha se indican las precipitaciones. Se marcan en milímetros (mm), que corresponden a litros por metro cuadrado.

Las precipitaciones se representan mediante barras verticales, que indican el volumen de precipitaciones alcanzado cada mes.

En el eje horizontal aparecen representados los meses con su letra inicial en mayúscula.

AHORA ME TOCA A MÍ

1 **Observa el climograma de la isla de El Hierro y responde:**

a. ¿En qué estación del año llueve menos?

b. ¿Las temperaturas varían mucho a lo largo del año? Explica tu respuesta.

c. ¿Con qué tipo de clima asocias ese climograma? Explica cuáles son sus principales características.

2 **Observa los dos climogramas que aparecen a la derecha y asocia cada una de estas afirmaciones al climograma que corresponda.**

- Temperaturas suaves todo el año / Variaciones estacionales de temperaturas
- Escasas precipitaciones, y concentradas en primavera y otoño / Precipitaciones abundantes todo el año
- Clima oceánico / Clima mediterráneo

A

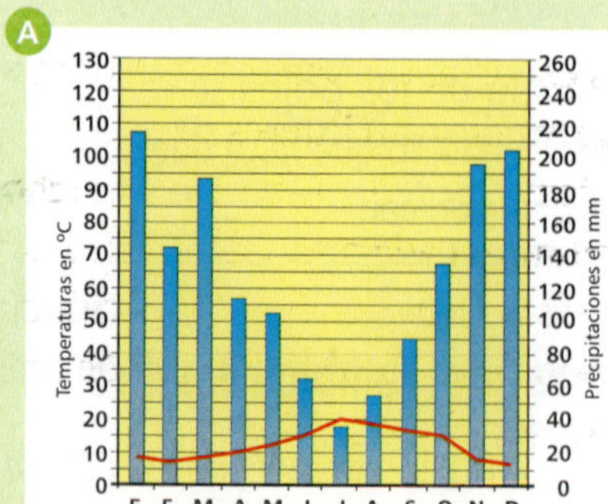

B

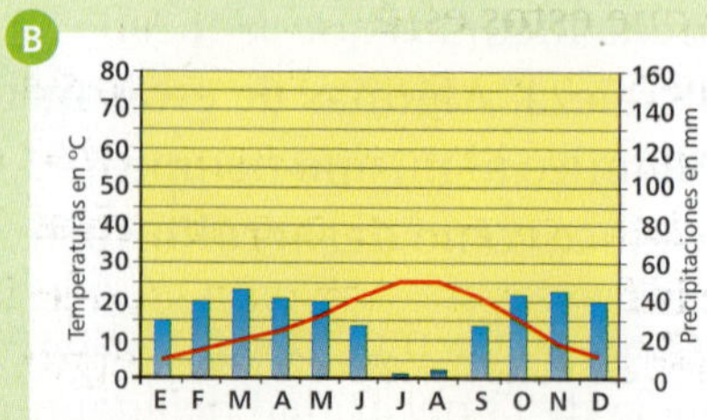

PROTEGEMOS LOS ESPACIOS NATURALES

Las actividades humanas en el territorio, como la construcción de carreteras y pueblos o la dedicación de terrenos a cultivos, pueden dañar el medio en el que viven los animales y las plantas y poner en peligro su existencia.

Para tratar de disminuir las consecuencias de esas acciones se han creado parques nacionales y parques naturales. Estos son espacios de la naturaleza protegidos de la intervención humana por la administración pública. Su finalidad es preservar la belleza de los paisajes y la riqueza de sus ecosistemas y de su flora y fauna.

En España hay quince parques nacionales y muchos e importantes parques naturales. El primer parque nacional español es el de Picos de Europa, que se fundó en 1918. Es el segundo parque nacional más antiguo del mundo, después del parque de Yellowstone, en Estados Unidos.

1. ¿Qué actividades humanas pueden perjudicar los espacios naturales?
2. ¿Qué medidas puedes tomar tú para preservar los espacios naturales de tu entorno?
3. Distribuidos en grupos, realizad una investigación sobre los parques nacionales de España. Repartid los parques existentes entre los grupos del aula para que, al poner en común los resultados de vuestra investigación, todos podáis conocer los quince parques españoles.

Los espacios naturales protegidos son lugares de gran interés para el turismo, por lo que reciben muchos visitantes cada año. Con la promoción de estas visitas, se busca concienciar a la población de la necesidad de cuidar y conservar el medio.

Sin embargo, puede existir el riesgo de que estos espacios se vean amenazados por recibir demasiados visitantes. Un excesivo número de turistas, junto a la construcción de infraestructuras para atenderlos, pueden llegar a poner en peligro el espacio natural.

4. En clase, organizad un debate sobre si consideráis que el turismo en la naturaleza es una actividad beneficiosa o perjudicial para los espacios naturales y su entorno.

   Antes del debate, podéis buscar en internet datos que os resulten útiles para defender vuestros argumentos.

¡INOLVIDABLE!

1 Copia en tu cuaderno solamente los elementos climáticos.

- altitud
- temperatura
- influencia del mar
- humedad
- presión atmosférica
- viento
- precipitaciones
- latitud

2 Indica si las siguientes frases son verdaderas o falsas.

a. Al ascender en altura, la temperatura sube.

b. La temperatura aumenta al acercarnos al ecuador.

c. En las zonas costeras, las estaciones están más diferenciadas que en las de interior.

3 Copia la siguiente tabla sobre los principales paisajes de cada zona climática y complétala.

Zona fría			
Zona	Bosque boreal		
Zona			Desierto cálido

4 Copia y completa las siguientes oraciones.

- De los climas de España, el más lluvioso es el
- Las mayores nevadas son propias del clima
- El clima español de temperaturas más suaves durante todo el año es el

5 Observa el siguiente mapa. Después, copia la leyenda y complétala.

6 Completa la siguiente oración.

El clima se define a través del estudio del ....., es decir, los ....., durante un período ..... .

7 Asocia cada una de las siguientes fotografías a un tipo de clima existente en España.

A

B

8 Copia y completa.

El cambio climático se manifiesta en el
Este proceso se relaciona con el y la

9 ¿Cuáles son los cuatro efectos mas importantes del cambio climático?

10 Observa los siguientes climogramas y responde.

a. ¿Cuál presenta un lugar con más precipitaciones?

b. ¿En cuál es mayor la diferencia de temperaturas entre estaciones?

c. ¿Cuál refleja temperaturas más suaves?

d. Indica a qué tipo de clima corresponde cada uno.

A

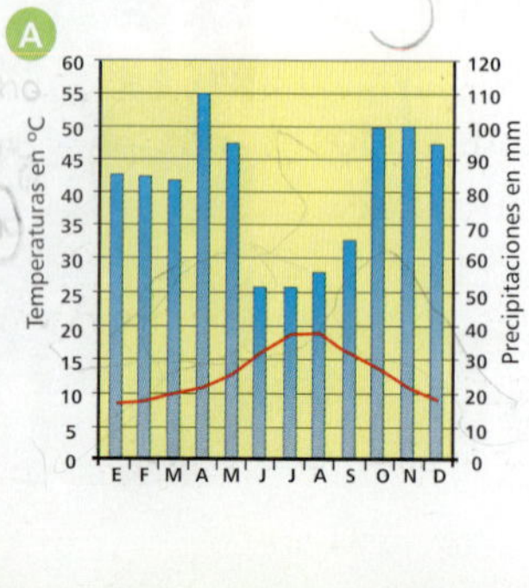

B

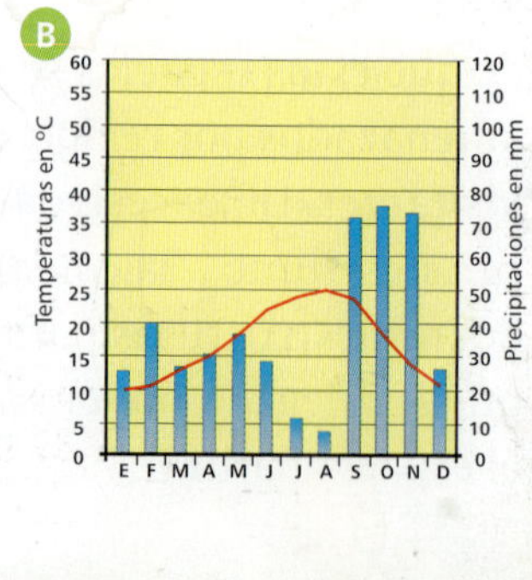

11 Resuelve las siguientes actividades a partir del texto y de las imágenes que aparecen a continuación.

Diferentes climas

Carmen ha encontrado tres fotografías muy bonitas sobre diferentes paisajes de la Tierra. No sabe dónde se tomó cada imagen, pero sí reconoce que cada una corresponde a un tipo de clima distinto.

A

B

C

A Indica con qué fotografía asocia cada una de estas características de los elementos climáticos:

1. Temperaturas bajas
2. Humedad abundante
3. Precipitaciones escasas

Además de los tres elementos climáticos que se han mencionado antes, ¿qué otros elementos climáticos existen?

B ¿Qué factores influyen en los climas? Explica cuál de ellos tiene más influencia en el paisaje de la fotografía B.

C ¿En qué imagen es más abundante y variada la vegetación? ¿Con qué características meteorológicas se asocia esta diversidad?

D Completa la siguiente tabla con las características del clima de cada fotografía.

	Temperaturas	Precipitaciones
A	.....	.....
B	.....	.....
C	.....	.....

E Indica los principales tipos de clima asociados a cada zona climática de la Tierra. ¿En cuál de ellas se podría localizar el paisaje de cada imagen? ¿A qué clima corresponde cada fotografía?

F ¿Cuál de los climas representados en las imágenes puede encontrarse en España? Indica en qué regiones españolas se podría localizar.

ENTRENAMIENTO DE EQUIPO

Estudiamos los paisajes

El paisaje, es decir, el espacio físico que podemos apreciar cuando observamos a nuestro alrededor, está determinado por elementos físicos y humanos. Estos elementos también condicionan las características de los seres vivos que habitan en un lugar concreto, ya que tanto los animales como las plantas están adaptados a las condiciones del mismo.

A continuación, en grupos de cuatro o cinco compañeros, vais a realizar una investigación sobre las características de los animales y las plantas de un paisaje. En primer lugar, veréis una técnica para analizar fotografías de paisajes. Para realizarlo en equipos de trabajo cooperativo, utilizaréis la estructura de **Folio giratorio.**

¿Qué necesitamos?

Fotografías de diversos paisajes del mundo, en los que se vean plantas, animales, elementos construidos por el ser humano, etc. Pueden sacarse de revistas, libros, viajes realizados por las familias, etc.

Analizamos la fotografía de un paisaje

Para obtener la máxima información posible mediante el análisis de la fotografía de un paisaje, puede resultar de gran ayuda seguir estos pasos:

1. En primer lugar, identificar los elementos que componen el paisaje. Entre los elementos naturales estarían los aspectos del relieve (montañas, ríos, paisajes de costa o de interior) y del clima (como la humedad y la temperatura). Por otro lado, se identifican los elementos del paisaje en los que se aprecia la intervención humana, por ejemplo, construcciones o terrenos de cultivo.

2. En segundo lugar, una vez identificados y analizados los elementos del paisaje que se observan en la imagen, es interesante analizar las relaciones entre ellos.

   En esta fotografía, por ejemplo, las altas temperaturas y la escasa humedad condicionan la forma de vida de los seres vivos que residen en este lugar.

   Para conocer las características de los animales y las plantas que están condicionados por los rasgos del clima puede ser necesario ampliar información mediante libros o internet.

Investigamos y aprendemos

A continuación, investigaréis sobre los paisajes de la Tierra usando la técnica cooperativa de los **Grupos de investigación.**

1. Dividimos el trabajo

Cada equipo se encargará de uno de los grupos de paisajes que se indican a continuación:

– Paisajes de climas cálidos.

– Paisajes de climas fríos.

– Paisajes de climas templados.

– Paisajes de España.

Para cada uno de estos grupos, se analizarán los aspectos que se recogen en el siguiente recuadro.

Análisis de paisajes

- Elementos naturales.
- Características del clima o los climas asociados.
- Intervención humana.
- Características de las plantas y los animales.

2. Buscamos información

Para realizar la tarea que os ha correspondido, debéis buscar información en libros, enciclopedias e internet, con la supervisión de un adulto, o consultar a expertos.

3. Analizamos y resumimos

Cada equipo debe elaborar un informe final que incluya las conclusiones de la investigación que ha realizado sobre el tipo de paisajes que le ha correspondido.

4. Comunicamos los resultados

Finalmente, exponed los resultados. Para ello, el coordinador o portavoz de cada equipo leerá el informe final y las conclusiones.

¡A PRUEBA!

Vacaciones en el mar

Tu amiga Elena, que vive en Ciudad Real, te ha enviado unos mensajes para contarte que está preparando un viaje.

Lee los mensajes de Elena. Después, con ayuda del mapa que aparece a continuación, responde a las cuestiones que se plantean.

1 Observa el mapa y contesta las preguntas relacionadas con el viaje de Elena.

a. Indica la latitud y la longitud aproximadas de las tres ciudades:
- Ciudad Real.
- Madrid.
- Santa Cruz de Tenerife.

b. Calcula la distancia real que, según el mapa, hay en línea recta entre Ciudad Real y Madrid, y entre Madrid y Santa Cruz de Tenerife. Para ello, usa una regla y la escala del mapa, que es 1:19 000 000.

2 Responde a las cuestiones sobre el clima.

a. Escribe dos diferencias entre el clima de Ciudad Real y el de las islas Canarias.

b. Indica dos aspectos del clima de las islas Canarias que reflejen la influencia de su latitud y de su cercanía al mar.

c. En su mensaje, tu amiga indica que consultará la predicción del clima. Explica por qué esta expresión no es correcta. A continuación, escribe lo que debería decir.

3 Para responder a la pregunta de Elena sobre el paisaje, le envías dos fotografías. En una de ellas se muestra lo que podrá ver durante su traslado de Ciudad Real a Madrid, y en la otra, lo que encontrará al llegar a las islas Canarias.

a. Observa las dos imágenes que aparecen a continuación. ¿Cuál corresponde a cada caso?

b. ¿Con qué tipo de clima se asocia cada una de las fotografías?

c. Explica qué características del clima de cada región influyen en los paisajes de las fotografías.

d. Indica qué otros climas se dan en España y menciona al menos una especie vegetal asociada a cada uno.

A

B

Seguimos las reglas

Para vivir juntos y disfrutar sin que se generen conflictos entre nosotros, es importante cumplir unas normas. En los juegos también existen: se llaman «reglas» y nos indican cómo se juega. Cuando estemos jugando, debemos seguir las reglas para evitar discusiones y poder divertirnos y disfrutar.

4 Haz una lista en tu cuaderno con diez juegos que conozcas.

5 Clasifica los juegos de tu lista en los siguientes grupos: para jugar dentro de casa, para jugar fuera, para jugar con varios amigos, para jugar solo dos personas. Ten en cuenta que cada juego puede pertenecer a varios grupos.

6 Selecciona de tu lista el juego que más te guste y explica en tu cuaderno cómo se juega. Debes resumirlo en solo diez líneas.

7 Distribuidos en grupos, pensad en un juego nuevo. Entre todos los miembros de cada grupo, explicad al resto de compañeros en qué consiste vuestro juego y sus reglas.

LA HORA DE TODOS

Este trimestre se os desafía con otro gran reto, que os permitirá conocer la organización del territorio y la población una vez que consigáis la misión de reconquistar la Tierra.

Vuestro guía os hará llegar las instrucciones para resolver este reto. Si seguís sus pautas, podréis alcanzar el éxito. ¡A por el reto!

Un nuevo país

En un remoto lugar de un lejano océano, a consecuencia de una erupción volcánica, ha emergido una isla de gran extensión.

Varios organismos internacionales se han reunido y han decidido poblar la isla y establecer en ella un nuevo país. Habéis sido designados para definir el proyecto de este nuevo país, por lo que se os ha encargado presentar una propuesta sobre la forma de gobierno y la distribución de la población en él.

¿Qué sabéis sobre la forma de administrar un territorio?

¿Qué factores inciden en el crecimiento y la distribución de la población de un lugar?

¿A qué actividades podrían dedicarse los habitantes del nuevo país?

¿Qué aspectos del modelo de distribución de poderes del Estado español se podrían replicar en el nuevo país?

Para investigar

Podéis obtener información útil para este reto:

- En las unidades 3 y 4.
- Consultando en internet, bajo la supervisión de un adulto. Podéis usar estas palabras clave en el buscador:
  - «Sectores económicos» + «Educación Primaria».
  - «Recursos CNICE» + «Organización territorial».
  - «Habitantes de una localidad» + «Agrega».

Entrevistando, en el aula o fuera de ella, a familiares y conocidos que actualmente no residan donde nacieron. Estas personas os podrán explicar los motivos que las llevaron a cambiar de lugar de residencia, así como aportar información sobre los modelos de organización de la administración del territorio que se ponen en práctica en su lugar de origen.

Para presentar

Podéis elaborar alguno de estos productos para presentar el resultado de vuestro trabajo.

- El cartel de un anuncio en el que se presente el nuevo país y sirva de atracción para la población.
- Un vídeo o texto que simule una noticia, en la que se presenten las principales características del nuevo país.
- Una presentación oral de la investigación realizada sobre la organización territorial y los conceptos básicos de demografía.

3 LA ORGANIZACIÓN DEL TERRITORIO ESPAÑOL

Muchos grupos de animales se organizan para conseguir una meta común, como protección o alimento. ¿Cómo se organizan las personas y con qué fines?

Una vez que logréis reconquistar la Tierra, deberéis definir el sistema político y la organización del territorio recuperado. Conocer la forma de administración en España os puede ayudar a plantear vuestra propuesta de organización.

¿Qué podría pasar si circuláramos libremente por calles y carreteras sin seguir ninguna norma?

¿Cómo se puede representar información sobre el territorio mediante un mapa?

Organización política

En todos los países se elaboran leyes que establecen la organización política y el funcionamiento de las instituciones que se encargan de ella. Es muy frecuente que haya una ley principal, por encima de todas las demás. En España esta ley recibe el nombre de **Constitución.**

La Constitución española

La Constitución establece los derechos, las libertades y las obligaciones de los ciudadanos. Por tanto, se fundamenta la existencia de los **principios democráticos** de libertad, justicia e igualdad para todos.

Además, se establece que el poder que ejercen las **instituciones de gobierno** procede de la ciudadanía. La **participación de los ciudadanos** en el gobierno se produce a través de la elección de sus representantes.

La participación democrática

En España, las elecciones se realizan mediante **sufragio universal;** es decir, todos los ciudadanos mayores de 18 años tienen derecho a votar. Los candidatos electorales pertenecen a diversos partidos políticos; de este modo, cada ciudadano puede votar al representante cuyas propuestas sean las más cercanas a sus ideas.

Además, los ciudadanos pueden ser consultados sobre asuntos concretos de especial importancia a través de otro tipo de votación: el **referéndum.** Por ejemplo, la Constitución española se aprobó mediante un referéndum el 6 de diciembre de 1978.

Las instituciones del Estado

Todos los Estados tienen un jefe, que es su máximo representante. En España, el **jefe del Estado** es el **rey.**

La Constitución define que España es una **monarquía parlamentaria.** Por eso, aunque el rey es el jefe del Estado, el poder lo ejercen los ciudadanos a través de la elección de sus representantes en el Parlamento.

La Constitución española establece la **separación de los poderes** del Estado, que no son desempeñados por las mismas personas e instituciones.

El Palacio Real, en Madrid, es la sede oficial para el ejercicio de las funciones de representación del Estado que la Constitución otorga al rey.

Hoy

División de poderes

El **poder ejecutivo** hace cumplir las leyes aprobadas por el poder legislativo. La institución que asume este poder es el Gobierno.

El Gobierno

Esta institución, además de ejercer el poder ejecutivo, se encarga de dirigir la política exterior e interior del país, de elaborar los presupuestos y de proponer nuevas leyes al Parlamento.

El Gobierno está dirigido por un **presidente,** que es elegido por el Congreso de los Diputados. El Presidente del Gobierno elige a los **ministros** que componen el Gobierno y que se reúnen en el Consejo de Ministros.

El **poder legislativo** se encarga de elaborar las leyes y de controlar al Gobierno. Este poder es asumido por el Parlamento.

El Parlamento

En España, el Parlamento recibe el nombre de **Cortes Generales** y se divide en dos asambleas o cámaras: el **Congreso de los Diputados** y el **Senado.**

- Los diputados del Congreso son elegidos para representar al pueblo y votan las leyes propuestas por el Gobierno.
- Los senadores son representantes territoriales y proponen cambios o enmiendas a las leyes.

La función principal del **poder judicial** consiste en administrar justicia. Los jueces y tribunales se encargan de esta tarea.

Tribunales de Justicia

Los jueces y los tribunales administran la justicia. El tribunal más importante de España es el **Tribunal Supremo.** Además, el **Consejo General del Poder Judicial** controla las funciones de jueces y tribunales.

Por su parte, el **Tribunal Constitucional** se encarga de comprobar que todas las leyes que se aprueban respetan la Constitución. Si no es así, puede anularlas.

La ley más importante de España es la **Constitución.**

España es una **monarquía parlamentaria.** El **Gobierno,** las **Cortes Generales** y los **Tribunales de Justicia** ejercen los tres poderes del Estado en España.

1. Investiga qué es una república y explica sus diferencias respecto a la monarquía.
2. ¿Cómo se elige al presidente del Gobierno?
   Por una votación universal o un referendum
3. ¿Cuáles son los tres poderes y quién ostenta cada uno?
4. Con ayuda de un adulto, busca información sobre los derechos recogidos en el Título I de la Constitución y elabora un listado con ellos.
   Después, por grupos, votad para elegir uno de esos derechos y preparad una presentación sobre él.

Organización territorial

España ocupa un territorio de 505 990 km², de los cuales la mayor parte se localiza en la **península ibérica.** Completan el territorio español los archipiélagos de **Baleares** y **Canarias** (aunque pertenecen a España otras pequeñas islas) y dos ciudades en el norte de África: **Ceuta** y **Melilla.**

En la Constitución se establecen las instituciones de gobierno encargadas de administrar y gestionar los recursos del territorio y la población. Para tratar de garantizar que esta gestión sea cercana a todas las personas, se ha organizado el territorio en entidades de menor tamaño que la administración central.

Amplía

Límites y fronteras

Además de los **límites naturales** del territorio español, existen **fronteras** con los países vecinos: Francia, Principado de Andorra, Portugal y Marruecos.

Municipios, provincias y comunidades autónomas

La Constitución establece que el territorio de España se divide en **municipios, provincias** y **comunidades autónomas.**

Municipios

Son territorios gobernados por un **ayuntamiento,** que está presidido por un alcalde. Pueden estar integrados por más de una localidad y su territorio recibe el nombre de **término municipal**. En España hay más de 8 000 municipios.

Provincias

Son territorios formados por una agrupación de municipios. España está dividida en 50 provincias, de las cuales 47 son peninsulares, y tres, insulares.

Además, en las comunidades compuestas por varias provincias, existe un órgano de gobierno para cada una de ellas llamado **diputación provincial.** En las islas Baleares hay un **consejo** en cada isla, encargado de gobernarla. De igual modo, el órgano de gobierno de cada isla de Canarias recibe el nombre de **cabildo.**

Comunidades autónomas

Son territorios formados por una o más provincias. España está dividida en 17 comunidades autónomas, 15 peninsulares y dos insulares, además de dos ciudades autónomas, Ceuta y Melilla. Todas las comunidades tienen un parlamento, un gobierno, un presidente y un tribunal superior de justicia. La ley principal de una comunidad se llama **Estatuto de autonomía.**

El territorio español se reparte entre la **península ibérica,** los archipiélagos de **Baleares** y **Canarias** y las ciudades norteafricanas de **Ceuta** y **Melilla.** Este territorio se organiza en **municipios, provincias** y **comunidades autónomas.**

1. ¿Qué territorios no peninsulares forman parte de España?
2. Investiga en qué fecha fue aprobado por primera vez el Estatuto de autonomía de tu comunidad o ciudad autónoma. Después, indica qué instituciones de gobierno autonómico se establecen en el mismo.
3. Localiza sobre un mapa mudo las comunidades y ciudades autónomas de España. Después, indica también los límites naturales y las fronteras del territorio español.

España en la Unión Europea

España forma parte de la **Unión Europea**, que es una comunidad internacional formada por 28 países de Europa. Los Estados miembros de la Unión Europea continúan siendo independientes, pero ceden parte de sus poderes para ganar más influencia económica y política en el mundo.

Los objetivos de la Unión Europea

El objetivo principal de la Unión Europea es la defensa de valores como la **democracia** y el **bienestar.** Para alcanzar este objetivo, se impulsan diversas medidas destinadas a promover la solidaridad y la cooperación entre los Estados miembros. Además, se han impulsado otras **medidas:**

La **libre circulación** de los ciudadanos europeos entre los países que pertenecen a la Unión Europea. Además, la existencia de un **mercado único,** es decir, que no es necesario pagar impuestos para intercambiar productos y servicios entre los países de la Unión.

La creación de una **moneda común:** el euro. Desde el año 2002, 18 países de la Unión Europea han sustituido sus monedas nacionales por el euro. Estos países integran la llamada **zona euro.**

Las instituciones de la Unión Europea

Para alcanzar los objetivos de la Unión Europea existen diversas **instituciones:**

- El **Consejo Europeo**, que establece la política general. Está compuesto por los jefes de Estado o de Gobierno.
- La **Comisión Europea**, que se encarga de administrar la Unión Europea y representar sus intereses. Está compuesta por un Comisario de cada Estado.
- El **Parlamento Europeo** y el **Consejo de la Unión Europea**, que comparten funciones legislativas y administrativas. El Parlamento representa a los ciudadanos, que lo eligen mediante elecciones cada cinco años. El Consejo de la Unión Europea representa a los gobiernos de los Estados a través de sus ministros.

Otros órganos importantes de la Unión Europea son el Tribunal de Justicia, que controla la aplicación de las normativas europeas; el Tribunal de Cuentas, que supervisa los fondos, y el Banco Central Europeo, que regula el euro.

Amplía

La bandera de la Unión Europea

La bandera muestra un círculo formado por 12 estrellas amarillas sobre un fondo azul. Simboliza la unidad, la solidaridad y la armonía entre los países de Europa.

La formación de la Unión Europea

La Segunda Guerra Mundial (1939-1945) dejó Europa prácticamente arrasada y millones de personas perdieron la vida. Para evitar nuevos enfrentamientos, los gobernantes de varios Estados democráticos impulsaron acuerdos. Los primeros tratados fueron de carácter económico, como la **Comunidad Europea del Carbón y del Acero (CECA) y la Comunidad Económica Europea (CEE).**

Con el tiempo aumentó el número de Estados participantes en la CEE y se ampliaron sus funciones para incluir también aspectos políticos. En 1992, los países miembros de la CEE firmaron un tratado por el que esta comunidad se convirtió en la actual **Unión Europea (UE).** Desde esa fecha se fueron incorporando más Estados hasta alcanzar los 28 en el año 2013.

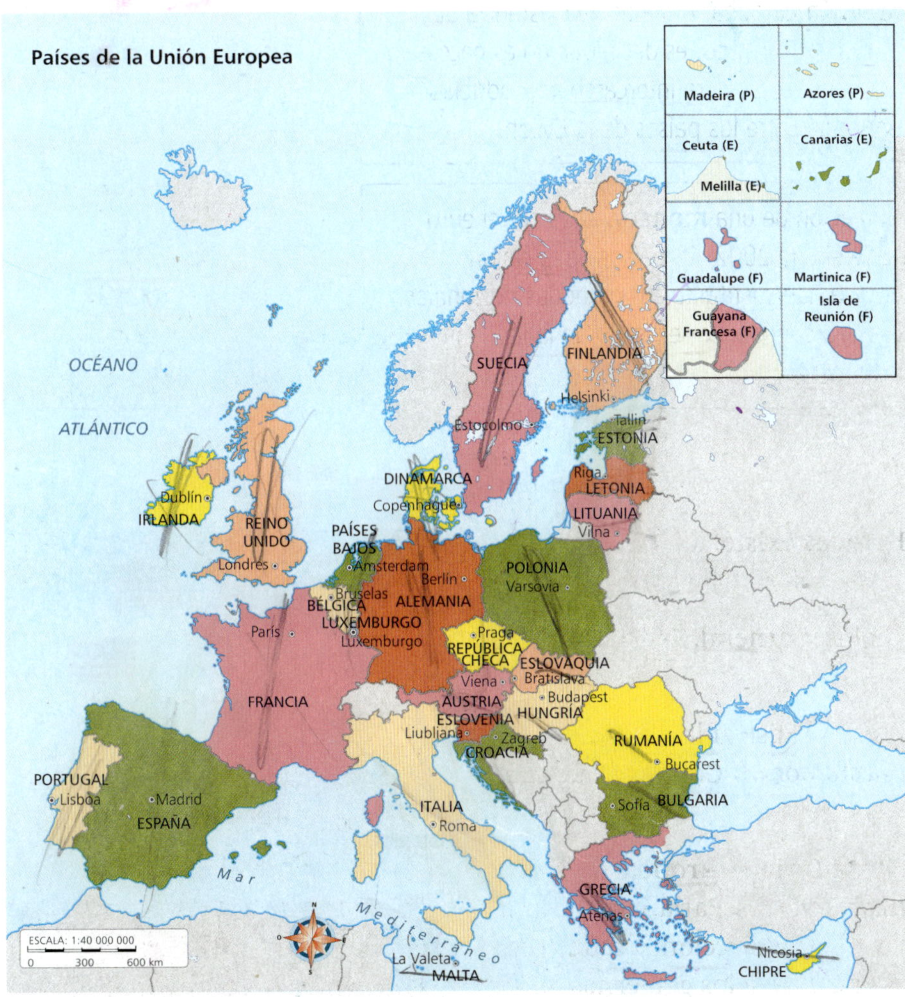

Fecha de incorporación	
1957	Bélgica, Países Bajos, Luxemburgo, Alemania, Italia y Francia.
1973	Irlanda, Reino Unido y Dinamarca.
1981	Grecia.
1986	España y Portugal.
1995	Austria, Suecia y Finlandia.
2004	Estonia, Letonia, Lituania, Polonia, Hungría, República Checa, Eslovaquia, Eslovenia, Malta y Chipre.
2007	Bulgaria y Rumanía.
2013	Croacia.

España pertenece a la **Unión Europea.** Este organismo, a través de sus **instituciones** ha impulsado medidas políticas y económicas, como el **mercado único** y la **moneda común.**

1. Investiga qué países de la Unión Europea no pertenecen a la zona euro e indica el nombre de la capital de cada país.
2. ¿Qué nombre tenía la unión de Estados europeos cuando España entró a formar parte de ella?
3. Enumera las instituciones más importantes de la Unión Europea e indica la función principal de cada una.

La diversidad en el territorio español

La unidad del Estado español, definida en la Constitución, se representa a través de símbolos como la bandera y el escudo. Además, en el territorio español existe una amplia **diversidad de culturas y tradiciones.**

Manifestaciones culturales y lingüísticas

En el territorio español existe una gran **diversidad cultural y lingüística.** Esta diversidad se relaciona, entre otras cosas, con las diferencias en las regiones en cuanto a su localización geográfica y su evolución histórica, y se manifiesta en una variada riqueza de **tradiciones** y **costumbres.**

Algunas tradiciones, como la gastronomía, los bailes y las canciones regionales o las celebraciones populares, son muestras de la **diversidad cultural.** Muchas de ellas se originaron hace siglos y han sido transmitidas de generación en generación. La diversidad cultural manifestada en las tradiciones es una prueba de la diferente **evolución histórica** de las regiones.

Las diferencias entre los territorios respecto a su **localización geográfica** influyen en aspectos como el clima o las actividades económicas que desarrolla la población. Por ejemplo, las regiones que se localizan en zonas costeras se dedican a la pesca, mientras que las regiones de interior están más orientadas a actividades como la agricultura.

La Constitución protege el uso de **lenguas** diferentes al castellano, ya que son consideradas parte de la riqueza cultural del país.

En algunas comunidades autónomas estas lenguas están reconocidas como oficiales.

- El **catalán** es oficial en Cataluña y en las Islas Baleares, y una variante de esta lengua, el **valenciano,** es oficial en la Comunidad Valenciana.
- El **euskera** o **vasco** es oficial en el País Vasco y en parte de la Comunidad Foral de Navarra.
- El **gallego** es oficial en Galicia.

En la Constitución se reconoce la posibilidad de establecer banderas y enseñas propias para cada comunidad autónoma.

Los símbolos del Estado

La ley establece que el escudo y la bandera de España son los **símbolos del Estado.**

Los elementos que aparecen en el **escudo español** son un reflejo de la diversidad que caracteriza el país, a consecuencia de la evolución histórica del territorio. El escudo también aparece en la **bandera española.**

El escudo de España

En el escudo se recogen los símbolos de los reinos que existían durante la Edad Media en lo que actualmente es el Estado español.

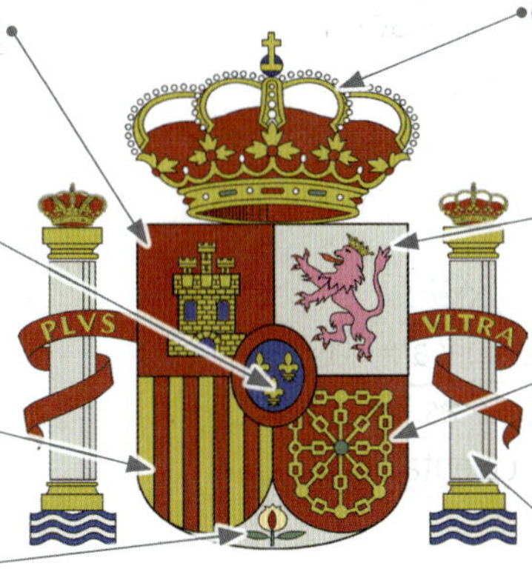

La bandera de España

La Constitución de 1978 establece: «La bandera está formada por tres franjas horizontales, roja, amarilla y roja, siendo la amarilla de doble anchura que cada una de las rojas».

La Constitución defiende el respeto a la **diversidad cultural** y **lingüística** del territorio español, que es una de las principales riquezas de nuestro país. El **escudo** y la **bandera** españoles son símbolos del Estado.

1. Observa el símbolo de la Corona de Aragón que aparece en el escudo de España. ¿Con qué banderas autonómicas se relaciona? ¿Qué otros símbolos del escudo de España están representados en las banderas de algunas comunidades autónomas? Investiga el significado de las Columnas de Hércules.
2. Investiga qué otras lenguas, además de las oficiales, se hablan en el territorio español.
3. Realizad un debate sobre la importancia de valorar la diversidad cultural.
4. Dibuja la bandera de tu comunidad o ciudad autónoma. Junto a ella, escribe el nombre de, al menos, dos tradiciones de tu región.

Amplía

El origen de la bandera

La bandera de España surgió a finales del siglo XVIII. Carlos III encargó el diseño para que los barcos españoles pudieran ser reconocidos en el mar.

REALIZAMOS MAPAS TEMÁTICOS

Como sabes, en un mapa temático se representa la distribución de un dato en un territorio. Como en el resto de mapas, en la leyenda se explica la clave utilizada para representar la información.

Elaborar un mapa temático es muy sencillo y resulta de gran ayuda para presentar los datos.

Así se hace

En un mapa temático se presenta la información sobre el territorio utilizando los colores o los símbolos explicados en la leyenda.

1. El primer paso es elaborar la leyenda. Se eligen los datos que se quieren representar y se crea una tabla con ellos, de modo que a cada uno se le asigne un color.

   En este ejemplo se establecen cuatro categorías de provincias, según su número de municipios.

Menos de 100	amarillo
Entre 100 y 200	naranja
Entre 200 y 300	verde
Más de 300	rojo

2. Se toma como base un mapa físico o político y se colorea la zona correspondiente, con los colores asignados en la leyenda para cada caso.

   En el ejemplo, sobre un mapa político de España, se colorea cada provincia como indica la leyenda, según su número de municipios.

AHORA ME TOCA A MÍ

1. **Elabora un mapa temático que represente la fecha de incorporación de cada país a la Unión Europea. Puedes realizarlo en tres pasos:**
   - **a.** En tu cuaderno, copia la tabla de la página 59 y asigna un color a cada año, para realizar la leyenda.
   - **b.** En un mapa político de Europa, como el que aparece a la derecha, colorea cada país como corresponda, de acuerdo a los ocho colores que hayas asignado en la leyenda que has creado en el primer paso.
   - **c.** Sobre el mapa, señala el nombre de cada país y de su capital.

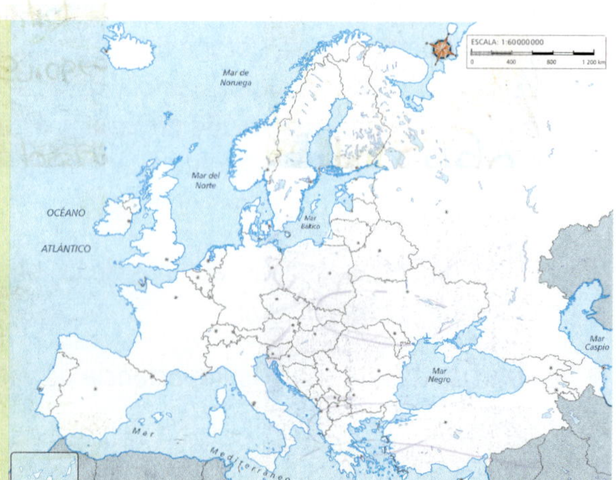

NOS MOVEMOS CON SEGURIDAD

Entre las obligaciones y los deberes que asumen los ciudadanos de los Estados democráticos se encuentran una serie de reglamentos para organizar la convivencia.

Un ejemplo de estas obligaciones es la normativa de tráfico. La finalidad de estas normas es proteger la seguridad de quienes circulan por la vía pública, tanto de los peatones, que son las personas que van caminando o en silla de ruedas, como de los que se mueven en vehículos (bicicletas, ciclomotores, coches, etc.).

Dado que el tráfico por carretera es internacional, se intenta que estas normas se definan a través de convenios entre varios países del mundo. Uno de esos convenios es la Convención de Viena sobre Señalización Vial. Esta Convención busca consensuar un sistema de señales de tráfico en las que se destaque la imagen sobre la palabra escrita. Con ello se intenta que todas las personas comprendan las señales.

De este modo, aunque viajes a un país del que no conoces la lengua, podrás entender las indicaciones de las señales.

1. ¿Por qué es recomendable que la normativa de tráfico sea internacional?
2. ¿Qué normas de tráfico debes cumplir como peatón?, ¿y si vas en un vehículo?
3. En grupos, inventad una frase que sirva de eslogan para convencer a las personas de la importancia de respetar las normas de tráfico.

La mayoría de las señales de tráfico y marcas viales están destinadas a los conductores. Sin embargo, es importante que los peatones identifiquen claramente las indicaciones que se dirigen a ellos. Entre las señales dirigidas a los peatones destacan:

A

B

C

D

4. En grupos, identificad el significado de las señales y marcas viales destinadas a peatones que aparecen a la izquierda. Podéis consultar internet o a un adulto.

   Después, organizad un debate sobre las consecuencias que puede tener el no cumplir las indicaciones de las señales y sobre otras actitudes irresponsables cuando se circula por la vía pública.

¡INOLVIDABLE!

1 ¿Qué texto recoge las bases de la organización de España? ¿Qué figura política asume la jefatura del Estado?

2 Copia y completa la siguiente tabla.

Poder	Institución
Ejecutivo	Gobierno
Legislativo	Parlamento
Judicial	Jueces y tribunales

3 Copia y completa las siguientes oraciones.

El Gobierno está formado por ... y ...

El ... elige al ... y este escoge a los ... que se reúnen en el ...

4 Copia un mapa como el siguiente y complétalo con los nombres de las provincias y de las comunidades y las ciudades autónomas.

5 Copia y completa el siguiente esquema con las instituciones y las estructuras de gobierno.

- Municipio → ...
- ... → Diputación provincial
- ... → ...

6 Elabora una tabla con los países que pertenecen a la Unión Europa e indica en ella la capital de cada uno.

País	Capital
España	Madrid
.....	.....

7 Escribe en tu cuaderno las oraciones con sentido que se forman uniendo cada elemento de la columna de la izquierda con el correspondiente de la derecha.

• El Parlamento Europeo...	• ... es elegido por los ciudadanos de la Unión Europea.
• El Consejo Europeo...	• ... está compuesto por jefes de Estado o de Gobierno.
• La Comisión Europea...	• ... está formado por ministros de los Estados miembros.
• El Consejo de la Unión Europea...	• ... está compuesta por comisarios de los Estados miembros.

8 ¿Cómo se llama la moneda común de la Unión Europea? ¿Y el conjunto de países que la utilizan? Indica el nombre de la institución encargada de gestionar los aspectos relacionados con esta moneda.

9 ¿Cuáles son los símbolos del Estado español?

10 Indica cuáles de estos aspectos son una muestra de la diversidad lingüística y cultural de España.

- Gastronomía regional
- Catalán
- Número de habitantes
- Gallego
- Valenciano
- Clima
- Euskera
- Localización geográfica

11 Resuelve las siguientes actividades a partir del texto y las imágenes que aparecen a continuación.

¿De qué comunidad es cada uno?

Estos tres niños son de diferentes comunidades autónomas. Para decirte de dónde son, cada uno te ha dado una pista. Podrás resolver el enigma después de repasar lo que sabes sobre las provincias y las comunidades autónomas de España.

Mi comunidad autónoma es la única formada por dos provincias que no tiene costa.

Mi comunidad autónoma es la que tiene mayor número de provincias.

De las comunidades que hacen frontera con Francia, la mía es la que tiene menor número de provincias.

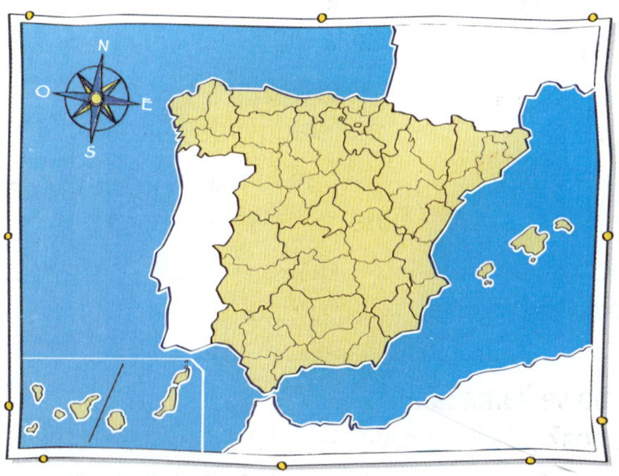

Laura | Pablo | Andrés

A ¿Cuántas comunidades autónomas hay en España? ¿Y ciudades autónomas? ¿Cuántas provincias hay?

B Elabora un mapa temático sobre las comunidades autónomas según el número de provincias que formen cada una. Puedes seguir estos pasos:

1. Elabora un listado con las comunidades autónomas. Después, organiza el listado en orden alfabético e indica cuántas provincias tiene cada una.
2. Con los datos anteriores, agrupa las comunidades autónomas que tienen el mismo número de provincias. Realiza una tabla con los grupos y asigna un color a cada uno para elaborar la leyenda.
3. Sobre un mapa mudo de España, colorea cada comunidad autónoma como corresponda, del color asignado en la leyenda que has realizado en el paso anterior.

C Responde a las siguientes cuestiones para clasificar las comunidades y ciudades autónomas.

1. ¿Qué comunidades o ciudades autónomas se localizan fuera de la península ibérica?
2. ¿Qué comunidades o ciudades autónomas hacen frontera con otro país? Indica con qué país es fronteriza cada una.
3. Clasifica las comunidades autónomas en dos grupos: por un lado, las costeras y, por otro, las que no tienen costa.

D Una vez que has repasado los datos sobre las comunidades autónomas, copia esta tabla y complétala con el nombre de la comunidad autónoma de cada uno de los niños.

Pablo	.....
Laura	.....
Andrés	.....

4 POBLACIÓN Y ECONOMÍA

¿Qué aspectos determinan cuántos hospitales o colegios deben instalarse en un lugar concreto?

Repoblar la Tierra será el paso posterior a su reconquista. Tendréis que definir aspectos como la distribución de sus habitantes en el territorio y el modo por el que obtendrán recursos para satisfacer sus necesidades.

¿Cómo representarías en una imagen las características de la población de un lugar?

¿Por qué es importante que gestiones bien el dinero del que dispones?

Características de la población

La **demografía** es la ciencia que estudia las poblaciones humanas y analiza aspectos como su estructura, distribución, evolución y crecimiento.

La **población absoluta** de un lugar, como una localidad o un país, está formada por todas las personas que habitan ese territorio. Para conocer sus **características**, la demografía analiza su estructura:

Según la **edad**, la población es **joven** (de 0 a 14 años), **adulta** (de 15 a 65 años) o **anciana** (de más de 65 años).

El número de años que se espera que viva una persona es la **esperanza de vida**. Esta es mayor en las sociedades más desarrolladas gracias a sus mejores condiciones de vida.

En función del **sexo**, la demografía establece comparaciones entre el grupo de **mujeres** y el de **hombres**.

La **localidad de residencia** permite establecer dos grupos de población: **rural**, que vive en los pueblos, y **urbana**, que habita en las ciudades.

La distribución de la población

La población de un lugar no se distribuye de igual forma por todo el territorio. Así, hay regiones más pobladas que otras.

Las **diferencias** en la distribución de la población están condicionadas por varios **factores**, que se pueden clasificar en físicos y humanos.

Factores físicos

Están condicionados por la geografía del territorio, es decir, por aspectos como el relieve y el clima.

Por ejemplo, en las zonas con climas extremos hay menos población.

Factores humanos

Se relacionan con aspectos políticos y, sobre todo, económicos, como las opciones de encontrar trabajo.

Por tanto, la población se concentra en las zonas con mayor actividad económica.

Los movimientos migratorios

Los factores de distribución de la población pueden ser elementos que atraigan población o que la animen a cambiar de lugar. Esos **movimientos** de traslado de población se llaman **migraciones.**

Las migraciones pueden ser movimientos de salida de población de un lugar o de llegada a él.

La salida de personas que van a vivir a otros lugares es la **emigración.**

La llegada de personas a un lugar para vivir en él es la **inmigración.**

Según el territorio al que se desplaza la población, se puede diferenciar entre:

- **Migraciones exteriores,** si la población se desplaza de un país a otro.
- **Migraciones interiores,** si la población se desplaza dentro del mismo país.

De los movimientos migratorios interiores, el más habitual es el llamado **éxodo rural,** que es el desplazamiento de población del campo que se traslada a vivir a las ciudades.

La atracción que ejercen las ciudades sobre la población ha hecho que, en la actualidad, más de la mitad de la población del mundo viva en grandes ciudades.

Calculamos la densidad de población

Para establecer comparaciones entre la población de distintas zonas, se calcula la densidad de población.

Esta cifra indica el promedio de habitantes que hay por cada kilómetro cuadrado de extensión del territorio que se está analizando.

La densidad de población de un territorio es el resultado de la división de su cifra de población total entre los kilómetros cuadrados (km^2) de su extensión.

Ejemplo:

- Extensión del territorio: 150 km^2
- Población: 3 000 habitantes
- Densidad de población: 20 habitantes por km^2

La **población absoluta** es el número total de personas que habita un territorio. La **demografía** estudia sus características, como la estructura y la distribución.

Los movimientos de población, llamados **migraciones,** pueden ser **emigraciones** o **inmigraciones.**

1. Elabora un esquema con las categorías y grupos en los que se clasifica la población.
2. ¿Qué es la densidad de población y cómo se calcula? Busca en internet los datos de tu localidad y realiza el cálculo.
3. ¿Una persona puede ser a la vez inmigrante y emigrante? Explica por qué.
4. El desierto del Sahara tiene una extensión de 9,4 millones de kilómetros cuadrados, similar a la de China que es de 9,6 millones. Sin embargo, sus densidades de población son muy diferentes. Explica a qué crees que se debe esta diferencia.

El crecimiento de la población

El número de habitantes de un territorio varía constantemente debido a las personas que nacen, mueren o se desplazan en ese lugar. Para conocer estas variaciones, la demografía analiza el crecimiento natural y el crecimiento real de la población.

El crecimiento natural

El número de nacimientos, o **natalidad,** y el de muertes, o **mortalidad,** provocan cambios en la cifra de población absoluta. Las diferencias entre las cifras de natalidad y de mortalidad permiten calcular el **crecimiento natural** de una población. Este puede ser **positivo** o **negativo:**

Es **positivo** cuando la natalidad es mayor que la mortalidad, de modo que la población **aumenta.**

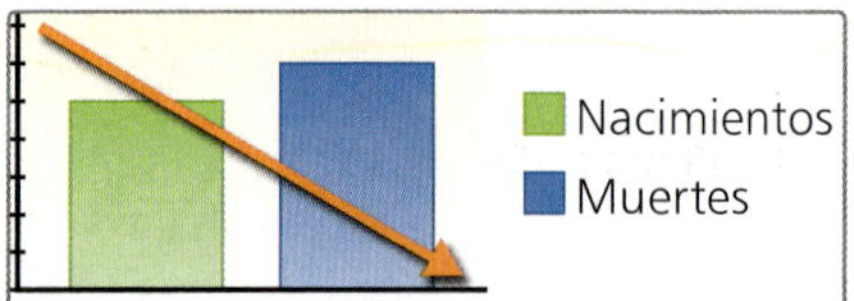

Es **negativo** cuando la mortalidad es mayor que la natalidad. En estos casos, la población **disminuye.**

Natalidad y mortalidad en la población mundial

La evolución de las cifras de natalidad y de mortalidad es diferente a nivel mundial. Estas **diferencias** se relacionan con los distintos **grados de desarrollo** de las sociedades.

En las **sociedades más desarrolladas,** en las que la esperanza de vida es más alta, suele haber una **población envejecida.** Por tanto, en ellas se soportan muchos gastos de atención sanitaria, y hay poca población en edad de trabajar y tener hijos.

La **natalidad es menor** en las sociedades más desarrolladas. Este hecho se relaciona con dos características de estas sociedades. Por un lado, el grupo de ancianos es muy numeroso y, por otro, es menor el número de hijos de cada familia.

En los **países más pobres** el número de nacimientos crece continuamente. Por tanto, hay un crecimiento continuo y se puede producir un problema de **superpoblación.** Esto agrava la dificultad de la distribución de los escasos recursos.

La **mortalidad es mayor** en las sociedades menos desarrolladas, porque sus condiciones de sanidad y alimentación son peores. También es más alta la cifra de mortalidad infantil, que indica cuántos niños menores de un año han fallecido.

El crecimiento real

Las cifras de población varían por la natalidad y la mortalidad, pero también se modifican debido a los desplazamientos de sus habitantes en el territorio. Por eso, las cifras de las migraciones se tienen en cuenta para calcular el **crecimiento real** de la población.

Por tanto, para calcular el crecimiento real hay que tener en cuenta los cambios en la población durante un período de tiempo concreto. Para ello, después de calcular el **crecimiento natural**, hay que sumar la cifra de **inmigrantes** y restar la de **emigrantes.**

Calculamos el crecimiento real

Observa el siguiente ejemplo de cálculo del crecimiento real, a partir de los datos que se presentan en el recuadro:

- Población a 1 de enero: 100
- Natalidad: 6
- Mortalidad: 2
- Inmigrantes: 3
- Emigrantes: 1

Hay que realizar los cálculos siguientes:

1. Crecimiento natural:
   Natalidad – mortalidad = 6 – 2 = 4
2. Migraciones:
   Inmigrantes – emigrantes = 3 – 1 = 2
3. Crecimiento real: 4 + 2 = 6
4. Crecimiento de la población: 100 + 6 = 106

La población a 31 de diciembre será de 106 habitantes.

El **crecimiento natural** es la diferencia entre las cifras de nacimientos y muertes.

El **crecimiento real** tiene en cuenta el crecimiento natural y las migraciones.

1. ¿Qué diferencias hay entre la natalidad y la mortalidad de los países menos desarrollados y de los más desarrollados? ¿Cómo se explican?
2. En clase, debatid sobre las consecuencias de las migraciones exteriores, tanto para los países de salida como para los de llegada.
3. Nombra y explica las causas que hacen aumentar o disminuir la población de un lugar.
4. El día 1 de enero, una localidad tenía 2 573 habitantes. A lo largo del año, nacen 23 personas, mueren 16, se marchan 35 a vivir a otro lugar y 8 son inmigrantes. A partir de estos datos, calcula el crecimiento real.

Amplía

Las variaciones de población por las migraciones

La **inmigración** aporta valor a las zonas receptoras: aumenta su población y enriquece su economía y su cultura. Por eso, es importante que las sociedades receptoras muestren una actitud de respeto y tolerancia hacia quienes llegan a ellas. Además, los inmigrantes deben mostrar también respeto por las costumbres y los usos de la sociedad que los recibe.

A su vez, la estructura de la población también se transforma en los países de los que salen elevadas cifras de **emigrantes.** Las consecuencias demográficas de estas salidas masivas de población son mayores cuando se unen a situaciones dramáticas, como la existencia de guerras. La inseguridad y la pobreza que existen en los países en guerra llevan a muchas personas a huir de su país. En ocasiones, se ven obligadas a hacerlo en viajes en los que ponen en riesgo su vida.

La población y el trabajo

La población tiene una serie de **necesidades** que satisface a través de la compra de bienes, como ropa, comida o una vivienda, y de servicios, como ocio y entretenimiento, telefonía, etc. Estos recursos se obtienen mediante el **trabajo.**

Los sectores económicos

Para analizar los trabajos que desempeña la población, estos se clasifican en tres **sectores económicos.**

Sector primario

El **sector primario** agrupa las actividades que obtienen recursos de la naturaleza: pesca, agricultura, ganadería, minería y silvicultura.

Estos recursos pueden ser productos naturales, si no necesitan ningún proceso para ser consumidos, o materias primas, si necesitan una transformación.

Sector secundario

Las actividades del **sector secundario** son las encargadas de la transformación de las materias primas extraídas o producidas por el sector primario en productos elaborados.

A este sector pertenecen la industria, la artesanía, la construcción y la producción de energía.

Sector terciario

Las actividades dedicadas a ofrecer servicios se agrupan en el **sector terciario.**

Las actividades de este sector son muchas y muy variadas. Entre ellas destacan las relacionadas con las comunicaciones, el transporte, la sanidad, la educación, el comercio y el turismo.

Las empresas

Las **empresas** son organizaciones que intentan satisfacer las necesidades de las personas a cambio de unos beneficios. Para hacerlo, **producen** bienes o servicios que venden a los consumidores. También **contratan** a mano de obra, que son las personas que trabajan para la empresa a cambio de dinero.

Existen diversas formas de clasificar a los diferentes **tipos de empresas.** Los criterios más comunes son:

- El **sector económico** al que se dedica: primario, secundario o terciario.
- El **número de trabajadores:** una pequeña empresa tiene menos de 50 empleados; una mediana, entre 51 y 250; y una gran empresa supera los 250 trabajadores.
- El **territorio** en el que actúan: se pueden distinguir desde empresas que trabajan en un ámbito regional hasta grandes multinacionales.

Amplía

El espíritu emprendedor

Una persona emprendedora es aquella con espíritu dinámico, creativo, innovador y que trabaja en equipo. En el mundo de las empresas, los emprendedores se distinguen por actuar de esa manera a la hora de buscar oportunidades de negocio y organizar empresas.

El consumo

El uso o la compra de bienes y servicios para satisfacer las necesidades humanas se denomina **consumo.** Los recursos que son consumidos se obtienen mediante el trabajo. A su vez, esta actividad permite a las personas recibir los **ingresos** que necesitan para comprar, ya que obtienen dinero por su trabajo.

El **dinero** que es usado por las familias para satisfacer sus necesidades y deseos se denomina **gasto.** Si no se gasta todo el dinero que se gana, es decir, se reserva para poder disponer de él en el futuro, se produce un **ahorro.**

Como consumidores, debemos ser conscientes de la importancia de poner en práctica estrategias de **consumo responsable** y de **ahorro,** para reducir la cantidad de dinero que se gasta de forma innecesaria.

Amplía

Tipos de gastos

- **Fijos,** que son los que apenas cambian de un mes a otro, como la comida o el pago de la vivienda.
- **Variables,** que son pagos aislados que cambian de un mes a otro, como los que suponen hacer un viaje.
- **Inesperados,** que son los que se producen por situaciones imprevistas, como la avería de un grifo.

El consumo responsable

Para consumir de forma responsable, debemos:

- Ser conscientes de nuestras necesidades reales, es decir, comprar lo que se necesita realmente sin dejarse influir por la publicidad o la moda.
- Comprar productos fabricados por empresas que no contraten mano de obra infantil y que respeten el medioambiente y los derechos de los trabajadores, como son sus horarios y sus salarios.

El ahorro

Algunas estrategias que permiten ahorrar son:

- Comparar los precios de los productos que tienen una calidad similar, para elegir aquellos que son más económicos. Al comparar precios y prestaciones se puede ver que, en ocasiones, lo que se paga no es la calidad, sino una marca.
- Evitar malgastar los recursos, como por ejemplo, apagando las luces de las habitaciones cuando no se utilizan.

Los **recursos** que necesita la población se obtienen a través del **trabajo.** Los trabajos se pueden clasificar por **sectores económicos: primario, secundario** y **terciario.**

Mediante el trabajo se obtienen **ingresos,** que permiten pagar los productos que se consumen. Es importante realizar un **consumo responsable** y fomentar el **ahorro.**

1. Investiga un producto de uso habitual y resume su proceso de elaboración y venta. ¿Con qué sector asocias cada fase?
2. ¿Crees que es aconsejable ahorrar? Justifica tu respuesta teniendo en cuenta los tipos de gasto que existen.
3. Define empresa y espíritu emprendedor. ¿En qué otros ámbitos crees que se podrían aplicar las cualidades que se atribuyen a las personas emprendedoras?
4. Por grupos, realizad un esquema en el que se resuma el ciclo del trabajo y el consumo.

La población de España

La demografía obtiene los datos sobre la población a través de las recopilaciones que realizan el **censo** y el **padrón.** Las cifras obtenidas reflejan que la **población en España** ha ido aumentando hasta alcanzar los **46,5 millones de habitantes** de la actualidad.

Este crecimiento se produjo fundamentalmente durante el siglo XX. Sin embargo, el análisis de la **evolución de la población** muestra que no fue un crecimiento constante en todo el período:

Amplía

Censo y padrón

En España, el **censo** se realiza cada 10 años en todo el país. El **padrón municipal** se actualiza anualmente en cada localidad.

El primer censo oficial que se realizó en España fue en el año 1857. En él se registró una población de 15,5 millones de habitantes.

Hasta el año 1900, tanto la natalidad como la mortalidad eran muy altas en España. Sin embargo, desde **principios del siglo pasado,** los avances médicos y la mejora de la calidad de vida permitieron un **descenso de la mortalidad.** De este modo, se produjo un importante aumento de la población.

Durante la **primera mitad del siglo XX,** muchos españoles emigraban a otros países, principalmente de Iberoamérica. Años más tarde, el destino principal de los emigrantes fueron países de Europa, como Alemania, Francia o Suiza. Por tanto, aunque la población seguía aumentando a causa del crecimiento natural, las cifras de crecimiento real se veían frenadas por la **emigración.**

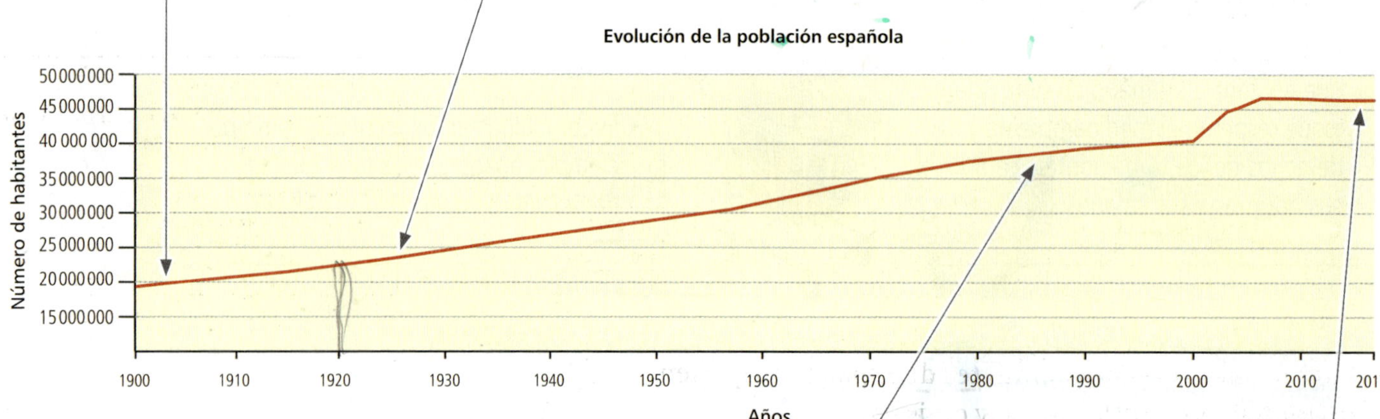

A partir de la **década de 1980** sucedieron dos cambios importantes:

- Se observó una notable **reducción de la natalidad.** Esto hizo que se frenara el crecimiento real y que, poco a poco, se produjera un envejecimiento de la población.
- España dejó de ser un país de emigrantes y se convirtió en receptor de **inmigración,** sobre todo a finales del siglo pasado y en los primeros años del siglo XXI. Rumanía, Marruecos y países de Latinoamérica, como Ecuador, son los países de origen de la mayoría de estos inmigrantes.

En la **actualidad,** la población sigue creciendo, aunque a un ritmo muy lento.

El **crecimiento natural** es **negativo,** pero se ve compensado con las cifras de **inmigración,** a pesar de que estas se hayan reducido en los últimos años.

Es una **población envejecida,** con una **esperanza de vida muy alta,** de 82,7 años.

La distribución de la población española

España tiene una **densidad de población** de 92 habitantes por kilómetro cuadrado, que se reparte en el territorio de forma muy **desigual.**

Las mayores **concentraciones** de población se localizan en las zonas costeras, las islas Canarias y Baleares, y las grandes ciudades, como Madrid. Mientras que el interior peninsular alberga menos habitantes.

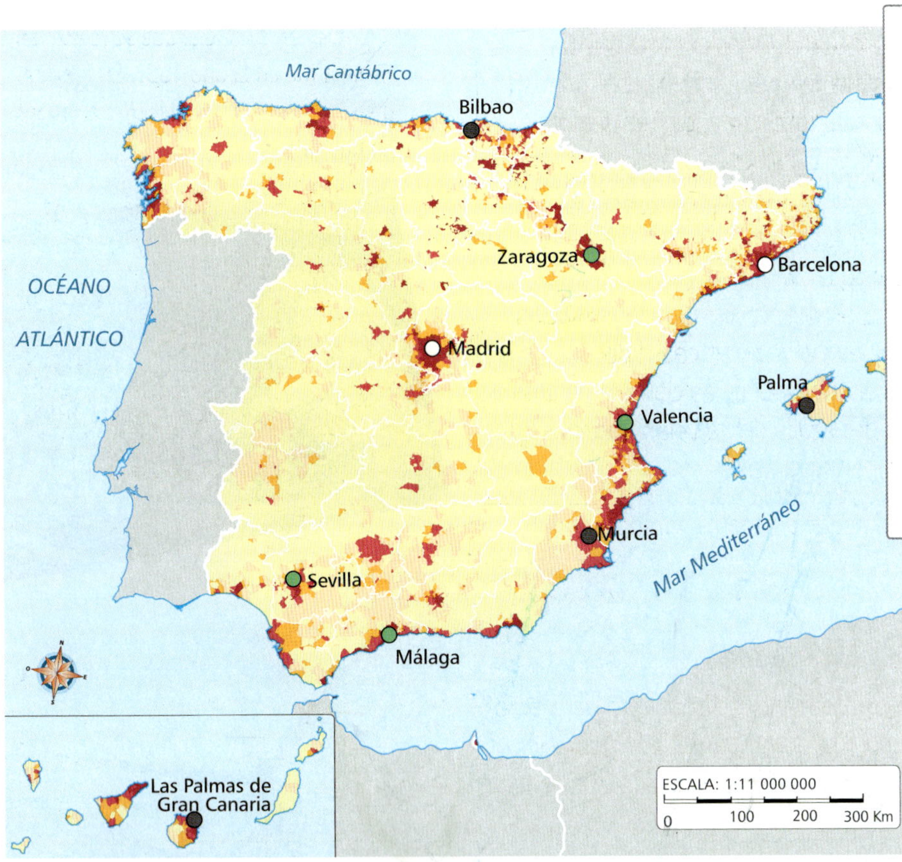

La distribución de la población española se relaciona con diversos factores, como con el **éxodo rural** que se vivió en España entre los años 1960 y 1975.

En esos años, parte de la población abandonó las provincias del interior, dedicadas a la agricultura, para trabajar en la costa y en Madrid, donde la industria y los servicios se desarrollaron antes.

Además, las **zonas más pobladas** siguen atrayendo inmigrantes, ya que ofrecen más posibilidades de encontrar empleo.

Habitantes por kilómetro cuadrado

- menos de 40
- de 40 a 100
- de 100 a 200
- de 200 a 500
- más de 500

Ciudades más pobladas

- entre 345 000 y 500 000 habitantes
- entre 500 000 y 1 000 000 habitantes
- más de 1 000 000 de habitantes

Los **46,5 millones de habitantes** de España se reparten por su territorio de forma muy desigual.

El **crecimiento** de la población española está influido por la **reducción** de la **natalidad** y la **mortalidad**, así como por las **inmigraciones.**

1. Explica cómo han influido las migraciones en la evolución de la población española en los últimos 100 años. (1920-2020)

2. Observa el mapa de esta página y explica la distribución de la población y la localización de las ciudades más pobladas. ¿Qué fenómeno ha influido en esta distribución?

3. Describe las características de la natalidad en España.

4. Con ayuda de un adulto, investiga en internet cuál es la densidad de población de tu comunidad autónoma. Después, compárala con la de España e indica a qué pueden deberse las diferencias poniéndolas en relación con la evolución de la población española.

Los sectores económicos en España

Durante el siglo XX y los primeros años del siglo XXI, la **economía española** creció mucho y se transformó la distribución del trabajo entre los tres **sectores de producción.** Gracias a este proceso, y pese a la crisis económica de los últimos años, nuestro país se encuentra entre los más desarrollados del mundo.

El sector primario en España

Hasta mediados del siglo XX, el **sector primario** fue el más importante de la economía española. Sin embargo, tras un proceso de modernización e introducción de maquinaria, actualmente es el sector en el que trabaja menos población.

La actividad principal es la **agricultura.** En las provincias interiores destacan los cultivos de secano, como los de cereales, vid y olivo, mientras que los cultivos de regadío, como los de frutas y hortalizas, se realizan en las zonas próximas a los grandes ríos.

Junto a la agricultura destacan las grandes extensiones de terreno dedicadas a la **ganadería** extensiva y a la **silvicultura,** sobre todo en el norte y el este peninsular. Además, la longitud de las costas favorece el desarrollo de la **actividad pesquera.**

La **minería** fue una actividad muy importante, pero en los últimos años ha descendido mucho porque se considera un negocio poco rentable.

El sector secundario en España

El desarrollo económico de España desde 1975 favoreció el crecimiento del **sector secundario,** que durante algunos años ocupó a la mayor parte de la población. Sin embargo, en los últimos años se ha reducido su importancia, debido al crecimiento del sector terciario.

Las **industrias** más destacadas son la alimentaria, la construcción naval y de automóviles, la metalúrgica y la química.

Se localizan principalmente en Cataluña, Madrid, el País Vasco y la Comunidad Valenciana.

La **construcción** es la actividad del sector secundario que más creció en España a finales del siglo pasado y a principios de este siglo.

Sin embargo, con la crisis que comenzó en el año 2008, experimentó un gran retroceso.

En la **producción de energía** destacan las centrales nucleares y termoeléctricas.

En los últimos años ha ganado importancia la energía renovable, es decir, la que procede de fuentes naturales inagotables, donde destaca la energía eólica.

El sector terciario en España

En España, como en otros países desarrollados, la mayor parte de la población trabaja en el **sector terciario.** El sector servicios cobró importancia en el país a partir de la década de 1960. Sus actividades más importantes son el turismo, el comercio y el transporte.

El **turismo** es la actividad principal de este sector. Nuestro país es uno de los destinos turísticos más visitados del mundo. Destacan Cataluña, Andalucía y las islas Baleares y Canarias.

Esto se debe al clima, a las playas y a los bajos precios con respecto a otros lugares.

En la **actividad comercial** predomina el comercio minorista, que es el realizado por pequeñas tiendas, aunque los hipermercados cada vez tienen más importancia.

Después de la crisis de 2008, muchos empresarios españoles se han volcado en el comercio exterior, especialmente con Estados Unidos y los países asiáticos.

El **transporte** es la tercera actividad más importante de este sector.

El transporte terrestre destaca por su red de carreteras y ferrocarriles; el transporte aéreo es muy importante por su vinculación con el turismo internacional, y en el transporte marítimo destacan los puertos de las ciudades de Valencia, Algeciras y Barcelona.

Amplía

La población activa y la población ocupada

Para analizar las características de la población total según su relación con el trabajo, la demografía identifica al grupo de **población activa.** Este lo componen las personas mayores de 16 años y menores de 65, tanto las que trabajan a cambio de dinero, que forman la **población ocupada,** como las que buscan empleo, que constituyen la **población en paro.**

En **España,** la cifra de población ocupada en el año 2017 se encontraba cerca de los 18 millones de personas. Más de tres cuartas partes de la población ocupada se dedicaban al sector servicios. 20 de cada 100 personas trabajaban en el sector secundario, mientras que solo 4 de cada 100 lo hacían en el sector primario.

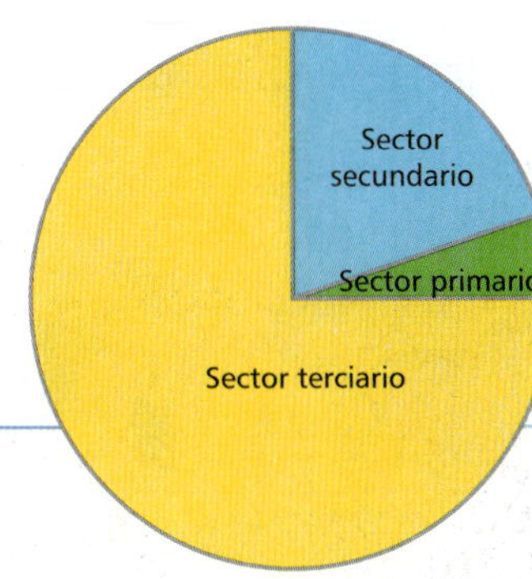

El **sector terciario** es en la actualidad el que más población activa emplea en **España,** por encima de los sectores secundario y primario.

1. Resume la evolución de la economía española a lo largo del siglo XX según la distribución de la población por sectores económicos. ¿Cómo crees que se relaciona el éxodo rural con esta evolución?
2. Elabora una tabla con las principales actividades de cada sector de la economía en España.
3. Analiza las relaciones que existen entre las tres principales actividades del sector terciario. ¿Cómo se benefician unas a otras? Explícalo con algún ejemplo.
4. Distribuidos en grupos, buscad información sobre las zonas de cultivo de secano y de regadío en España. Después, localizadlas en un mapa.

La población de Europa

Europa se divide en una **gran cantidad de países,** muy diversos entre sí pero con algunos aspectos comunes. Uno de ellos es el alto nivel de desarrollo de sus sociedades, reflejado en las características de su población.

Características de la población europea

La **población absoluta** de todos los países de Europa es de unos **740 millones de habitantes.** De ellos, cerca de 500 millones corresponden a los países que forman parte de la Unión Europea.

La baja natalidad y la reducida mortalidad han provocado el **envejecimiento** de la población europea. Esto se refleja en las altas cifras de la **esperanza de vida,** que, en la mayoría de los países, se sitúa en los 75 años para los hombres y en torno a los 81 años para las mujeres.

A pesar de ser uno de los continentes más pequeños, Europa alberga países de **tamaños muy diversos.** En él se encuentra la Ciudad del Vaticano, que es el país más pequeño del mundo, y Rusia, que es el más grande. Además, el territorio de cinco países europeos, Rusia, Turquía, Francia, España y Dinamarca, está repartido entre dos continentes.

El crecimiento de la población de Europa

En los últimos 100 años, el **crecimiento real** de la población de Europa ha sido positivo:

- Durante buena parte del siglo XX, el aumento de la población se relacionó con el **incremento de la natalidad.**
- Desde mediados del pasado siglo, la natalidad disminuyó, aunque el crecimiento real de la población europea ha seguido siendo positivo. Esto se debe a que su baja natalidad se ve compensada con la **llegada de inmigrantes** procedentes de África, Latinoamérica y Asia, quienes, además, han convertido a Europa en un continente **multicultural.**

Amplía

Los sectores económicos

Otro elemento que muestra el alto nivel de desarrollo de la población europea es la distribución de su población activa en sectores de producción. Dos terceras partes de la población se dedican al sector servicios.

La cifra de población dedicada al sector secundario es de algo menos de un tercio, mientras que solo 4 de cada 100 trabajan en el sector primario. Estos dos sectores se caracterizan por su modernización y alta productividad.

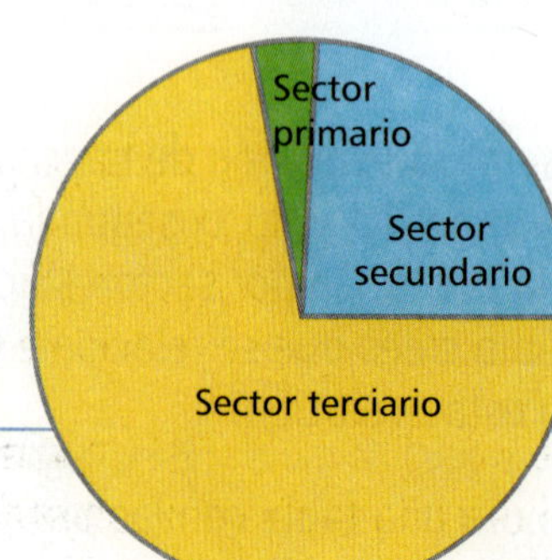

La distribución de la población de Europa

Europa es un **continente muy poblado,** con una **densidad de población** de 70 habitantes por kilómetro cuadrado. En los países que pertenecen a la Unión Europea, la densidad de población es de 115 habitantes por kilómetro cuadrado. Esta población se reparte de forma desigual por el territorio:

Las **zonas más pobladas** son las que tienen mayor desarrollo económico y clima suave. En las grandes ciudades del oeste de Europa es donde se concentran más habitantes.

La **densidad de población** es **menor** en las áreas con climas más extremos, con temperaturas muy bajas, como el norte de Europa, o de menor desarrollo económico, como la zona del este.

Los **movimientos migratorios** han influido en la distribución de la población. Actualmente, países como Francia, Alemania o el Reino Unido son los principales receptores de inmigración.

1. Por grupos, realizad una investigación sobre las actividades económicas europeas.

2. Explica por qué unas zonas de Europa están más pobladas que otras.

3. Observa el mapa de esta página e indica qué países europeos tienen una densidad de población similar a la de España. Después, indica cuáles son las ciudades más pobladas y de qué país es cada una.

En **Europa** hay muchos países de diverso tamaño.

Su **población** supera los **740 millones** de habitantes y se concentra, sobre todo, en las grandes **ciudades del oeste.**

ANALIZAMOS UNA PIRÁMIDE DE POBLACIÓN

Los datos pueden representarse en gráficas, que permiten entender mejor lo que se estudia y realizar comparaciones. Existen gráficos de barras, de líneas, de sectores, etc. Cada uno se analiza de forma distinta.

Los datos sobre sexo y edad de los habitantes de una zona se representan en unos gráficos llamados pirámides de población. A continuación, veremos cómo se elabora una con datos referidos a España.

Así se hace

1. En el eje vertical se sitúan los grupos de edad, habitualmente en intervalos de 5 años.

2. En el eje horizontal se representa el número de personas correspondiente a cada edad.

3. Los datos de los hombres se sitúan a la izquierda, y los de las mujeres, a la derecha.

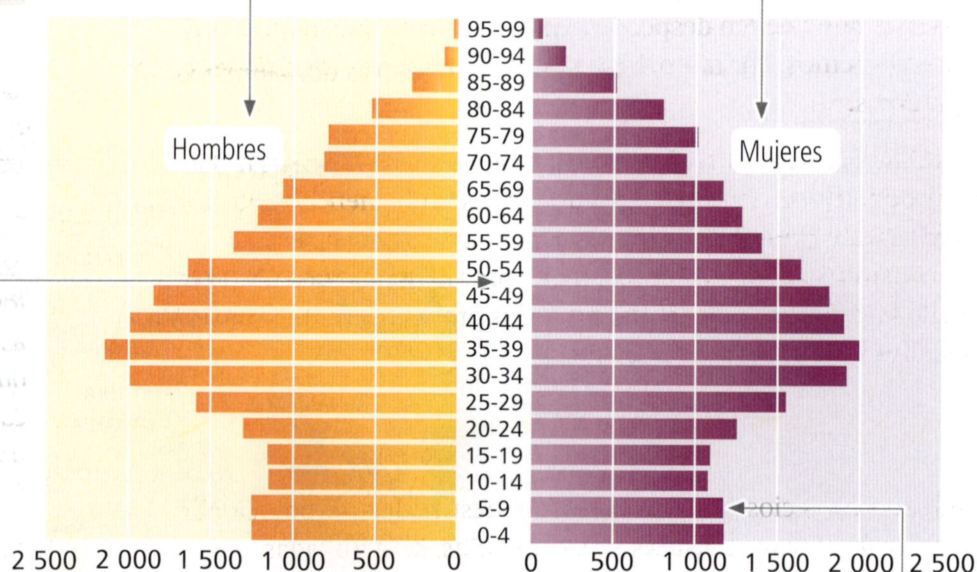

4. Las barras representan el número de personas que hay en cada grupo de edad.

AHORA ME TOCA A MÍ

1. Observa la pirámide de población. ¿Qué parte es la más ancha? ¿Qué característica de la población nos indica la longitud de las barras del gráfico?

2. ¿Es casi equivalente el número de mujeres y de hombres en todas las franjas de edad? ¿Se puede saber a simple vista?

3. Según lo que refleja la pirámide de población, ¿consideras que la esperanza de vida es mayor en los hombres o en las mujeres? Explica tu respuesta.

4. ¿Cómo debería ser la pirámide de población si España tuviera una elevada natalidad? Puedes acompañar tu explicación con un dibujo.

PENSAMOS EN LO QUE GASTAMOS

Las empresas necesitan vender sus productos. Una de las medidas que ponen en práctica para impulsar sus ventas es desarrollar campañas de publicidad. La finalidad de estas campañas es dar a conocer las ventajas de un producto y convencer a los posibles consumidores para que lo compren.

Como consumidores, debemos ser conscientes de que la publicidad no ofrece una información imparcial sobre un producto, sino que solo nos da los datos que pueden despertar nuestro interés y persuadirnos de que lo compremos. Por tanto, busca influir en nuestras decisiones como compradores.

Desarrollar una actitud crítica ante la publicidad, para no dejar que modifique nuestras decisiones de compra, es fundamental para realizar un consumo responsable. Además, no conviene dejarnos influir por el consumismo, que consiste en comprar lo que no necesitamos. Para ello hay que aprender a distinguir los productos imprescindibles de aquellos innecesarios o superfluos.

No todos los anuncios publicitarios están destinados a promocionar la venta de productos. Existen otras campañas, desarrolladas por instituciones públicas y otros organismos, que intentan transmitir una idea para influir en nuestra forma de actuar.

Este tipo de publicidad se denomina publicidad educativa. El objetivo de este tipo de anuncios es difundir ideas que mejoren la sociedad y la convivencia en ella. Pueden estimular, por ejemplo, actitudes de colaboración, comportamientos cívicos, hábitos saludables o de fomento de la cultura, entre otros.

1. ¿Cuál es la diferencia entre consumo y consumismo?
2. Explica con un ejemplo qué cuestiones tienes que valorar antes de comprar para poner en práctica un consumo responsable.
3. En grupos, seleccionad dos o tres anuncios y analizadlos de forma crítica: su mensaje, qué aspectos del producto puede que no sean reales o que no se cuenten. Después, cada grupo expone uno de sus análisis al resto de la clase.
4. Organizad un debate en el que mencionéis algunos ejemplos de publicidad educativa.

   Después, elegid alguna idea que pueda mejorar la convivencia en vuestra clase o en vuestro centro y realizad, por grupos, carteles publicitarios para transmitirla.

¡INOLVIDABLE!

1 Copia estas oraciones en tu cuaderno e indica si son verdaderas o falsas.

a. La población absoluta está formada por todos los habitantes de un territorio que buscan empleo.

b. La densidad de población se calcula dividiendo el número de habitantes de un lugar entre su extensión en kilómetros cuadrados.

c. La demografía es la ciencia que estudia las características de la economía.

2 Indica qué características demográficas se relacionan más con una sociedad desarrollada: superpoblación, llegada de inmigrantes, envejecimiento de la población.

3 Copia las siguientes oraciones sobre la población y el trabajo con la opción correcta en cada caso.

a. Los recursos de la naturaleza pueden ser productos naturales / materias primas si necesitan un proceso para ser consumidos o productos naturales / materias primas si se pueden consumir directamente.

b. Con el dinero / los gastos/ el ahorro que las personas reciben por su trabajo pagan el dinero / los gastos/ el ahorro y una parte puede dedicarse a el dinero / los gastos/ el ahorro.

4 En un mapa como el siguiente, colorea las zonas con mayor densidad de población y localiza las 5 ciudades más pobladas. Después, explica cómo influyó el éxodo rural en esta distribución.

5 Copia y completa la siguiente oración.

La población de España y de Europa se concentra principalmente en las zonas ... y en las grandes ...

6 Completa el siguiente esquema.

Crecimiento de la población española

- Crecimiento natural ..., a causa de ...
- Crecimiento ..., influido por ...
  - procedentes de ...
  - que se asentaron ...

7 Relaciona cada una de estas características de las migraciones españolas con una etapa de su evolución.

a. Éxodo rural.

b. Recepción de inmigrantes.

c. Emigración a Europa y Latinoamérica.

1900-1950 | 1960-1975 | 1980-2008

8 Copia la leyenda de este gráfico de densidades de población y complétala con los colores correspondientes.

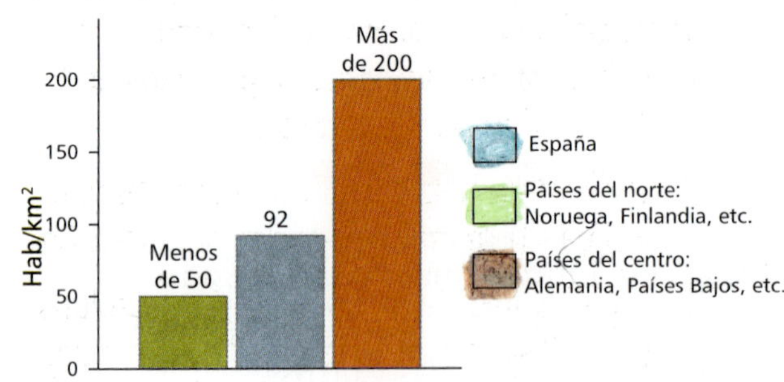

9 ¿Cuáles son las principales actividades económicas en España? Indica dos semejanzas y dos diferencias con la economía de Europa.

10 Observa esta pirámide de población y responde.

a. ¿Cuál es el grupo de edad menos numeroso?

b. ¿La natalidad es alta? ¿Por qué?

c. ¿Puede corresponder a la población de un país desarrollado? ¿Por qué?

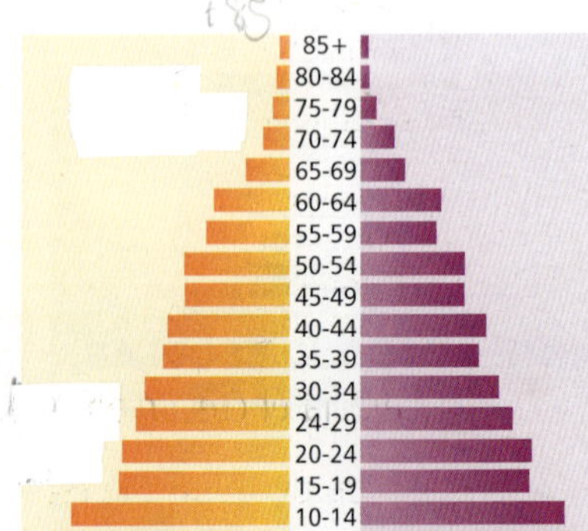

11 A partir de los datos que se ofrecen a continuación sobre dos países imaginarios, resuelve las siguientes actividades.

País A

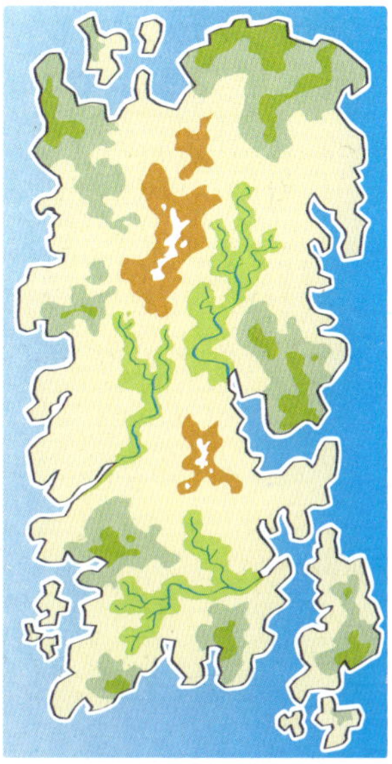

Población a 1 de enero	País A
Joven	2 742
Adulta	15 438
Anciana	921

Extensión:
8 456 kilómetros cuadrados

País B

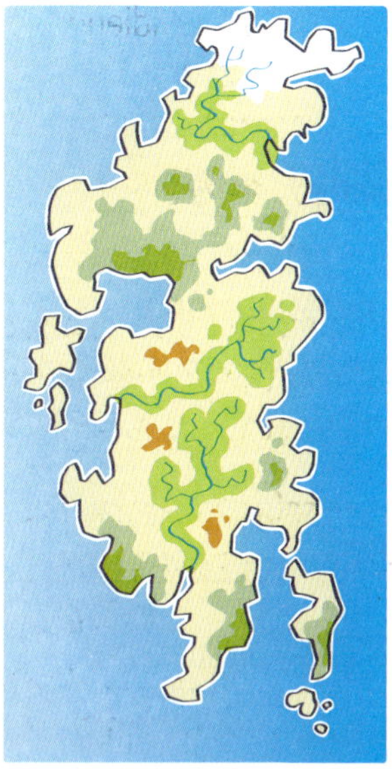

Población a 1 de enero	País B
Joven	2 453
Adulta	7 425
Anciana	1 214

Extensión:
525 kilómetros cuadrados

A Con ayuda de tu calculadora, averigua los datos sobre población absoluta y densidad de población de cada país. Según ellos, indica cuál es la afirmación correcta.

1. El país A tiene la mayor población absoluta, y el país B, la mayor densidad de población.
2. El país B tiene la mayor población absoluta, y el país A, la mayor densidad de población.
3. El país A tiene la mayor población absoluta, y el país B, la menor densidad de población.

B Observa los siguientes datos de población sobre variaciones en la población a lo largo del año.

	País A	País B
Nacimientos	128	416
Fallecimientos	240	342
Inmigrantes	120	14
Emigrantes	14	325

1. Calcula el crecimiento real en cada país.
2. Indica un dato que refleje qué país está más desarrollado económicamente.

C Relaciona cada una de estas afirmaciones con uno de los países. Explica en cada caso con qué indicador demográfico lo relacionas.

1. Mi padre tiene cuatro hermanos, pero yo no tengo ninguno.
2. Mi bisabuela aún vive, ¡y eso que ya tiene 95 años!
3. En mi país cada vez más personas salen a otros países en busca de trabajo.

D En el país A más de dos tercios de la población activa se dedica al sector terciario. Sin embargo, en el país B solo una tercera parte de la población trabaja en el sector terciario, mientras que más de la mitad lo hace en el sector secundario.

1. ¿Cuál de las economías se aproxima más a la de España en la actualidad? ¿Y a la situación española de la década de 1960? Explica tu respuesta.
2. En el país B, hay empresas que comercian únicamente dentro del país y otras que lo hacen con otros países. Explica qué son las empresas y cuáles son los criterios para clasificarlas.

ENTRENAMIENTO DE EQUIPO

Conocemos los países de la Unión Europea

Este trimestre habéis aprendido que España forma parte de la Unión Europea. A continuación, vais a investigar sobre todos los países que la componen. En grupos de cuatro o cinco compañeros, vais a investigar sobre los aspectos más relevantes de cada país y a elaborar un mural con la información recopilada.

¿Qué necesitamos?

- Papel continuo
- Lápices de colores
- Rotuladores
- Tijeras y pegamento
- Mapa político de Europa

¿Cómo son los países de la Unión Europea?

Para investigar sobre los países de la Unión Europea usaremos la técnica cooperativa de los **Grupos de investigación.**

En el siguiente recuadro aparecen los aspectos de cada país sobre los que debéis informaros.

Características de los países

- Localización en el mapa del país y de su capital.
- Principales recursos económicos.
- Clima y paisajes.
- Población: ciudades más pobladas, densidad de población.
- Año de incorporación a la Unión Europea.
- Monumentos importantes.

1. Dividimos el trabajo

Distribuid los 28 Estados miembros entre los equipos que se han formado en clase. Los alumnos de cada grupo deben investigar los diferentes aspectos del recuadro anterior para cada uno de los países recogidos en el bloque asignado.

2. Buscamos información

Para realizar la tarea que os ha correspondido, debéis buscar información en libros, revistas, periódicos e internet, bajo la supervisión de un adulto. También podéis entrevistar a alguien que proceda de otro país de la Unión Europea.

3. Analizamos y comunicamos los resultados

A partir de los datos que cada equipo ha conseguido, elaborad una ficha de cada país que contenga los aspectos indicados. Antes de finalizar, comprobad que habéis recogido todas las cuestiones del esquema.

El coordinador o el portavoz de cada equipo debe presentar las fichas y exponer al resto de la clase la información que su grupo ha obtenido.

Realizamos un mural

1 En el papel continuo, diseñad con lápiz dónde irá situado el título, la ubicación del mapa de Europa y el espacio para la información de cada país.

Pegad el mapa mudo político de Europa y coloread los países que os han correspondido.

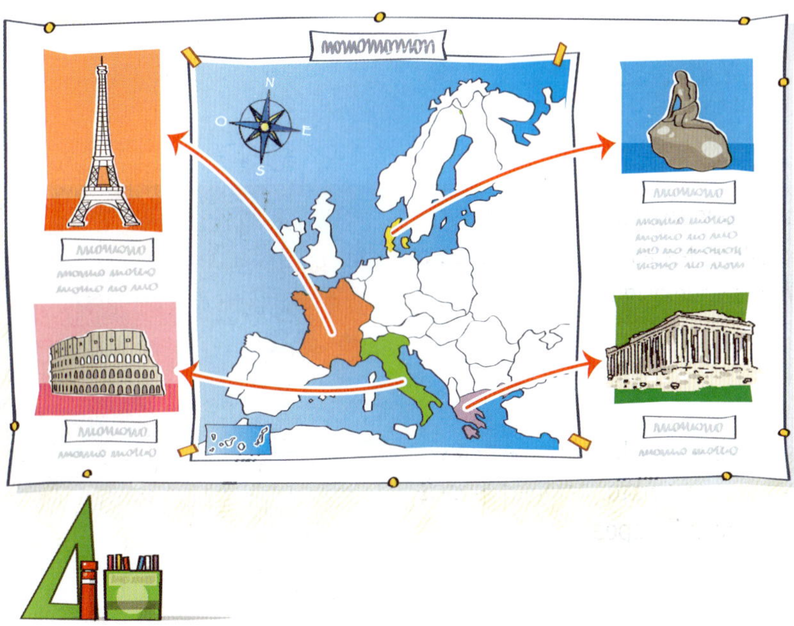

2 Pegad las fichas que habéis elaborado para cada país con la información correspondiente y dibujad flechas para indicar su localización en el mapa.

Colocad las imágenes que habéis encontrado cerca de las fichas de datos del país correspondiente.

¡Enhorabuena! Habéis realizado un proyecto de investigación sobre los países de la Unión Europea.

Podéis completar la investigación añadiendo datos sobre otros aspectos de los países estudiados, como su idioma.

¡A PRUEBA!

Una vida en movimiento

La vida de Manuel ha sido toda una aventura. A su nieta Maite le encanta que se la cuente, aunque, a veces, tiene que usar un mapa para seguir la historia de su abuelo.

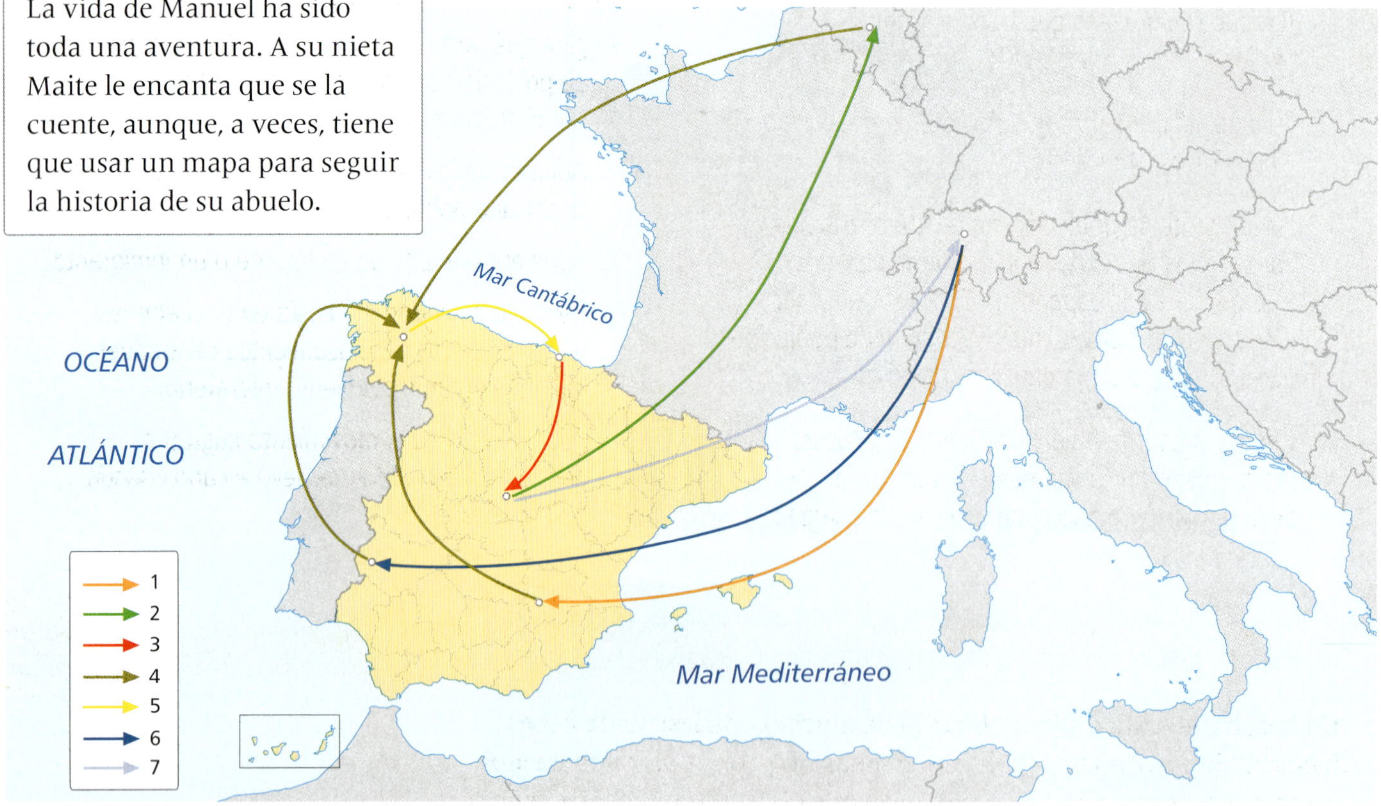

1 Observa los desplazamientos que ha marcado Maite en el mapa. Después, lee el relato que le cuenta su abuelo Manuel. Finalmente, relaciona en tu cuaderno cada letra con el número que corresponda.

a. Nací en Friol, un pueblo de la provincia de Lugo. A los 6 años, mi familia se trasladó a Bilbao.

b. Al terminar mis estudios de Medicina, me marché con mi hermana Josefa a Madrid.

c. La vida en Madrid era difícil. Josefa se fue a trabajar a Bruselas, en Bélgica.

d. Poco después, yo emigré a Zúrich, en Suiza, donde vivía mi hermano mayor, Valentín. Allí conocí a Lola, tu abuela.

e. Cuando tu madre tenía 9 años, volvimos a España y nos instalamos en Mérida, la ciudad de tu abuela.

f. Mi hermano Valentín también dejó Zúrich y se instaló en Albacete.

g. Me reúno con mis hermanos dos veces al año en el pueblo donde nacimos. Allí vemos a nuestros primos, que se dedican a la agricultura.

2 Manuel y parte de su familia trabajan en distintos sectores económicos.

a. ¿En qué sector crees que trabaja Manuel por los estudios que cursó?

b. Cuando viajó a Suiza, ¿qué puesto de trabajo podría tener? Razona tu respuesta.

c. Actualmente, la población suiza está distribuida por sectores de producción de forma parecida a como lo está la española. ¿Cuál será el sector económico que ocupe mayor volumen de población? ¿Qué actividades comprende este sector?

d. ¿En qué sector trabajan los primos de Manuel? Indica qué importancia tiene este sector dentro de la población activa española y de la europea.

3 Cuando Manuel se fue a Suiza, España tenía una población joven, con un fuerte crecimiento.

a. ¿Por qué parte sería más ancha la pirámide de población en esa época, por la base, por el centro o por la parte superior?

b. Además de los nacimientos, ¿qué puede hacer crecer una población?

c. ¿Qué era Manuel, un emigrante o un inmigrante?

d. Revisa la actividad 1 y copia en tu cuaderno las letras de los desplazamientos de Manuel que reflejen un movimiento migratorio.

e. ¿Cómo se llama el movimiento migratorio que la familia de Manuel llevó a cabo cuando él tenía 6 años?

Nuestros mayores

En nuestra localidad vive población de muchas edades: desde bebés hasta ancianos. Muchas de estas personas mayores, a las que tenemos que agradecer su cariño y mucho de lo que disfrutamos actualmente, están muy solas.

Reunidos en grupos de cuatro o cinco miembros, pensad cómo podríamos solucionar, entre todos, ese problema.

4 Entre todos los miembros del grupo, pensad y elegid tres posibles soluciones al problema.

5 Cada grupo contará al resto de los equipos cuáles son sus ideas. Después, entre todos, votaréis las cinco propuestas que os hayan parecido más originales y que más os hayan gustado.

6 Por último, realizaréis un mural en una cartulina en el que recogeréis las ideas más votadas.

LA HORA DE TODOS

En el último trimestre de este curso debéis hacer frente a un reto más.

En este caso, con el fin de promocionar la cultura y el conocimiento del pasado, realizaréis una investigación sobre la historia de España.

Si trabajáis en grupo y seguís las indicaciones, el éxito está asegurado. ¡Adelante!

Recreaciones históricas

Las visitas teatralizadas a ciudades y monumentos son una forma de relacionar el turismo y la historia. La Comisión de Promoción de la Cultura ha organizado un concurso que premiará la mejor propuesta de recreación de la Edad Media y la Edad Moderna en la península ibérica.

Por grupos, presentaréis vuestro proyecto para participar en este concurso.

¿Cuáles son las diferencias y las similitudes entre las ciudades medievales cristianas y las musulmanas?

¿Qué personajes destacados de este período os pueden inspirar para realizar teatros basados en sus biografías?

¿Qué elementos del arte son más representativos para realizar un decorado para vuestra recreación?

¿Qué características principales tenía la forma de vida durante la Edad Media y la Edad Moderna?

Para investigar

Podéis obtener información útil para este reto:

- En las unidades 5 y 6.
- Consultando en internet, bajo la supervisión de un adulto. Podéis usar estas palabras clave en el buscador:
  - «Edad Media» o «Edad Moderna» + «Educación Primaria».
  - «Artehistoria medieval» y «Artehistoria Edad Moderna».
  - «Educaixa» + «Medievo».
  - «Recursos educativos» + «España medieval» o «Edad Moderna».

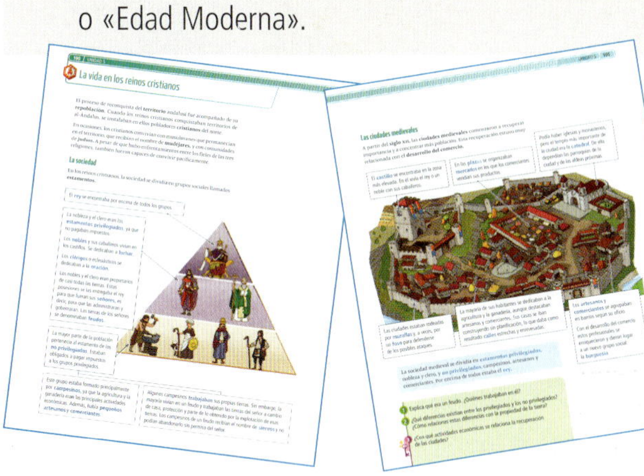

Asistiendo a una visita teatralizada que se ofrezca en un museo o en un lugar próximo. Si esto no es posible, se pueden buscar en internet vídeos de este tipo de representaciones, como las que se realizan, por ejemplo, en Buitrago del Lozoya, Medina del Campo, el castillo de Consuegra, la muralla de Ávila o el casco histórico de Zaragoza.

Para presentar

Podéis elaborar alguno de estos productos para presentar el resultado de vuestro trabajo.

- Murales con información sobre la forma de vida en la Edad Media y la Edad Moderna en la Península.
- Un tríptico informativo, a modo de promoción del proyecto de recreación, que será el resumen de vuestra propuesta de visita teatralizada.
- Una presentación oral del proyecto de recreación de la Edad Media o de la Edad Moderna.

5 LA EDAD MEDIA

¿Cómo ordenarías una serie de hechos históricos?

Si lográis reconquistar la Tierra, esta se encontrará en un momento de cambio profundo. Este puede ser comparado con el que se vivió tras la caída del Imperio romano: fue un cambio tan importante que se considera que marcó el salto de una edad histórica a otra.

Si tuvieras que seleccionar algún acontecimiento reciente que marque el salto desde la edad histórica actual hacia una nueva etapa, ¿cuál sería?

¿Qué aspectos de la colaboración compensan las dificultades del trabajo en equipo?

Las edades históricas

La **Historia** es la ciencia que se ocupa de conocer el pasado. Para investigarlo se utilizan las **fuentes históricas.** Las más importantes son:

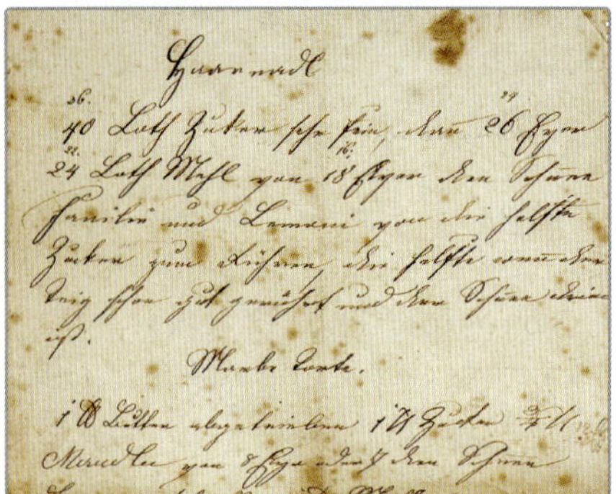

Las **fuentes escritas.** Incluyen todo tipo de textos, como los documentos antiguos o los libros de historia.

Las **fuentes arqueológicas.** Son los restos materiales de construcciones y objetos.

Para facilitar el estudio de la historia, se divide en diferentes **etapas o edades,** cuyo comienzo y fin lo determinan hechos que marcaron un cambio profundo en el modo de vida de las personas.

El estudio de nuestro pasado se divide en dos grandes etapas: la **prehistoria** y la **historia.** Estas etapas se subdividen en períodos más breves.

La **prehistoria** es el período que abarca desde la aparición del ser humano hasta la invención de la escritura. Se divide en etapas: Paleolítico, Neolítico y Edad de los Metales.

Prehistoria

1 Paleolítico

En este período, nuestros antepasados formaban tribus nómadas que vivían de la **recolección,** la **caza** y la **pesca.** Se refugiaban en cuevas naturales. Usaban herramientas de piedra tallada, madera o hueso.

2 Neolítico

Se produjeron cambios muy importantes, como la aparición de la **agricultura** y la **ganadería.** Las personas se hicieron sedentarias y construyeron poblados. Utilizaban herramientas de piedra pulimentada.

3 Edad de los Metales

Comenzó con el descubrimiento de la **metalurgia,** que es el dominio de técnicas para tratar los metales. Se divide en tres etapas: **Edad del Bronce, Edad del Cobre** y **Edad del Hierro.** Aparecieron las ciudades.

Amplía

La medida del tiempo histórico

En historia, el tiempo se mide en años y en siglos, que son períodos de cien años. Los historiadores toman el nacimiento de Cristo como referencia para medir el tiempo. Así, se habla de fechas «antes de Cristo» (a. C.) y «después de Cristo» (d. C.).

El estudio de nuestro pasado se divide en dos grandes etapas: la **prehistoria** y la **historia,** que se subdividen en períodos.

La primera etapa de la historia es la **Edad Antigua,** que finalizó con la caída del Imperio romano en el año 476.

1 Copia en orden, de más antigua a más moderna, estas etapas y edades:

Neolítico, Edad del Hierro, Edad del Cobre, Edad del Bronce, Edad Antigua, Edad Media, Paleolítico, Edad Moderna

Después, escribe junto a cada una qué hecho histórico se considera que marca su inicio.

2 Distribuidos por grupos, realizad un trabajo de investigación sobre la Edad Antigua en la península ibérica para recordar lo que estudiasteis el curso pasado. Reflejad los resultados de vuestra investigación en un mural y acompañadlo con fotografías.

3 ¿Existen fuentes escritas del año 8000 a. C.? Explica tu respuesta.

Recuerda

Edad Antigua en la península ibérica

Se divide en dos etapas:

- **Época prerromana.** Fenicios, griegos y cartagineses establecieron colonias costeras en un territorio que estaba ocupado por diversos pueblos: celtas, íberos, vascones, cántabros, etc.
- **Época romana.** Los romanos conquistaron la Península a finales del siglo III a. C. y la llamaron Hispania. A sus habitantes se les llamaba hispanorromanos. Estos asimilaron la lengua de los romanos, que era el latín, así como su cultura y sus leyes, en un proceso conocido como romanización.

La **historia** es el período que comprende desde la aparición de la escritura hasta la actualidad. Las edades en que se divide son: Edad Antigua, Edad Media, Edad Moderna y Edad Contemporánea.

Historia

4 Edad Antigua

En ella se desarrollaron grandes civilizaciones, como la egipcia, la griega y la romana.

5 Edad Media

Se inició con la caída del Imperio romano. Es la época de los castillos.

6 Edad Moderna

Se considera que comienza con la llegada al continente americano de los europeos. Se conoce como «la época de los descubrimientos».

7 Edad Contemporánea

Comenzó con la Revolución francesa y llega hasta nuestros días.

Los visigodos

La etapa visigoda marca el inicio de la Edad Media en la península ibérica. A principios del siglo v, Hispania fue invadida por los **alanos**, los **suevos** y los **vándalos**. El ejército romano necesitaba ayuda para enfrentarse a ellos, por lo que establecieron un pacto con los **visigodos**, que eran un pueblo de origen germánico que se había establecido al sur de la actual Francia.

Los romanos pactaron con los visigodos que podían instalarse en Hispania si, a cambio, derrotaban a los pueblos invasores. De este modo, los visigodos entraron en la Península. Expulsaron a alanos y vándalos, aunque los suevos resistieron durante más tiempo.

Los **suevos** lograron establecer un reino en el noroeste de la Península. Fijaron su capital en Braga.

Los pueblos del entorno de la cordillera Cantábrica, como **cántabros** y **vascones**, no formaron ningún reino y resistieron a los suevos y los visigodos.

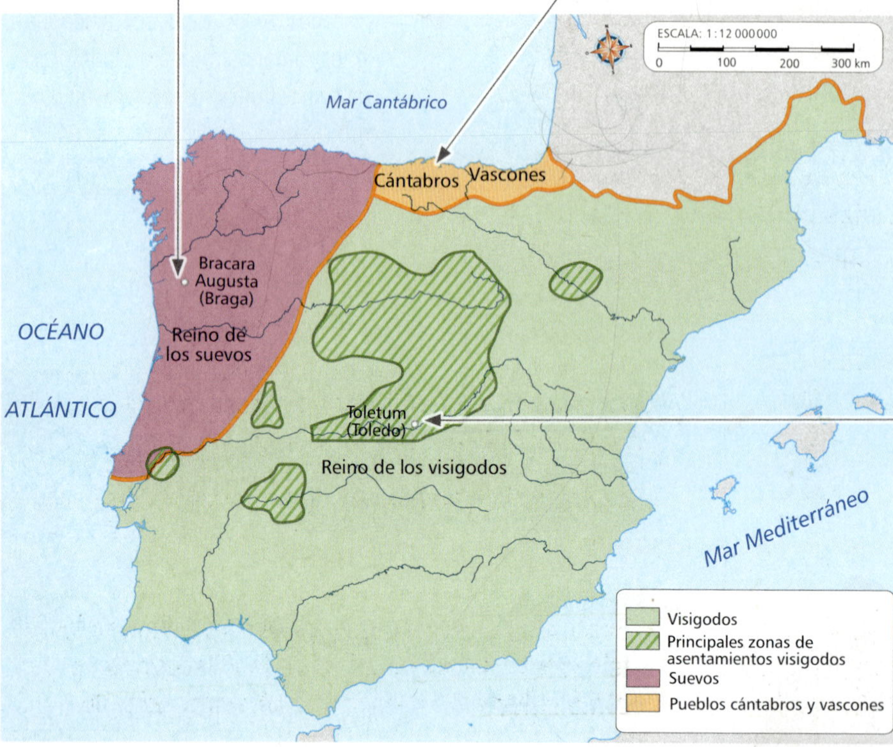

Los **visigodos** establecieron su capital en Toledo. Su reino se extendía por casi todo el territorio peninsular, incluyendo una parte del sur de la actual Francia.

El rey visigodo Leovigildo logró conquistar el reino suevo en el año 585. Así, el reino visigodo acabó dominando la Península.

Los visigodos controlaban el territorio, aunque los habitantes hispanorromanos no se regían por sus **leyes**. Además, tampoco compartían la **religión**: los hispanorromanos eran cristianos católicos y los visigodos, cristianos arrianos.

Para dar mayor unidad al reino, los visigodos adoptaron la religión católica. En el año 589, el rey **Recaredo** abandonó el arrianismo y se convirtió al catolicismo. Después, durante el reinado de **Recesvinto**, se elaboraron leyes comunes para todo el reino. A pesar de estos esfuerzos por cohesionar el reino visigodo, en él fueron frecuentes las **guerras internas**.

Amplía

Las guerras por el trono

Entre los visigodos, el cargo de rey no se heredaba de padre a hijo, sino que era elegido por los nobles.

Esto generaba disputas por el poder, que se incrementaron cuando los reyes trataron de convertir el título en hereditario, y daban lugar a guerras.

La vida en el reino visigodo

Con los visigodos se produjo la decadencia de las ciudades romanas, así como del comercio y de la artesanía. Por el contrario, aumentó la importancia del **medio rural** y de la **agricultura** y la **ganadería.**

En la **sociedad visigoda** existieron importantes diferencias entre la **nobleza** y el **campesinado.**

Los **nobles** eran una minoría. Ocupaban los principales cargos políticos y de la Iglesia.

Eran los mayores propietarios de la tierra.

Los **campesinos** eran la mayor parte de la población. Trabajaban las tierras de los nobles.

También había **esclavos.**

El arte también experimentó un declive: frente a los grandes monumentos romanos, el **arte visigodo** se caracterizó por la construcción de pequeñas iglesias rurales y por la orfebrería, que es la realización de piezas artísticas con metal.

Los visigodos construyeron **iglesias de piedra** que se caracterizaban por los arcos con forma de herradura y por tener pocas ventanas y muy pequeñas.

En la **orfebrería visigoda** destacó la confección de hebillas, crucifijos y coronas de metales y piedras preciosas, que colgaban sobre los altares de las iglesias.

Corona de Recesvinto.

Iglesia de San Juan, en Baños de Cerrato (Palencia).

Los **visigodos** crearon un reino que acabó dominando la península ibérica.

Se caracterizó por la importancia del **medio rural.**

1. Explica los cambios que se produjeron durante los reinados de Leovigildo, Recaredo y Recesvinto, y cómo influyeron en la unidad del reino visigodo.
2. Explica las diferencias que existían entre los nobles y los campesinos en la sociedad visigoda.
3. Identifica en esta fotografía de la iglesia de San Pedro de la Nave (El Campillo, Zamora), las principales características del arte visigodo.

La etapa andalusí

A principios del siglo VII, las predicaciones del profeta **Mahoma** en Arabia dieron lugar a una nueva religión: el **islam.**

Los fieles de esta religión, que reciben el nombre de **musulmanes,** emprendieron una rápida **expansión.** Muy pronto controlaron un territorio que se extendía desde la India hasta el norte de África.

Amplía

El Corán

El **libro sagrado** para los musulmanes es el **Corán.** En él se pusieron por escrito las enseñanzas de Mahoma.

El Corán recoge los aspectos religiosos del islam y los preceptos que todo musulmán debe cumplir.

La invasión de la península ibérica

En el **año 711,** en el reino visigodo tenía lugar una lucha por el poder entre dos bandos. Uno de ellos solicitó ayuda a los **musulmanes,** que se encontraban en el norte de África. Estos, una vez en la Península, derrotaron al rey visigodo don Rodrigo en la **batalla de Guadalete,** y acabaron con el reino de Toledo.

En pocos años, los musulmanes controlaron casi todo el territorio de la península ibérica, excepto las zonas montañosas del norte, y le dieron el nombre de **al-Ándalus.** Por ello, los musulmanes de la Península se denominaron **andalusíes.**

El desarrollo de al-Ándalus

1 En un primer momento, al-Ándalus era un **emirato,** es decir, una provincia. Formaba parte del gran imperio islámico, que recibía el nombre de **califato.**

Este imperio islámico estaba dirigido por un califa, que pertenecía a la familia de los Omeyas.

2 A mediados del siglo VIII, la familia Omeya fue derrocada del gobierno. Algunos de sus miembros lograron huir hasta al-Ándalus.

Uno de ellos, **Abd al-Rahman I,** se hizo con el poder en Córdoba y en el año 756 **se independizó** del califato.

Máxima extensión del imperio islámico (siglo VIII)

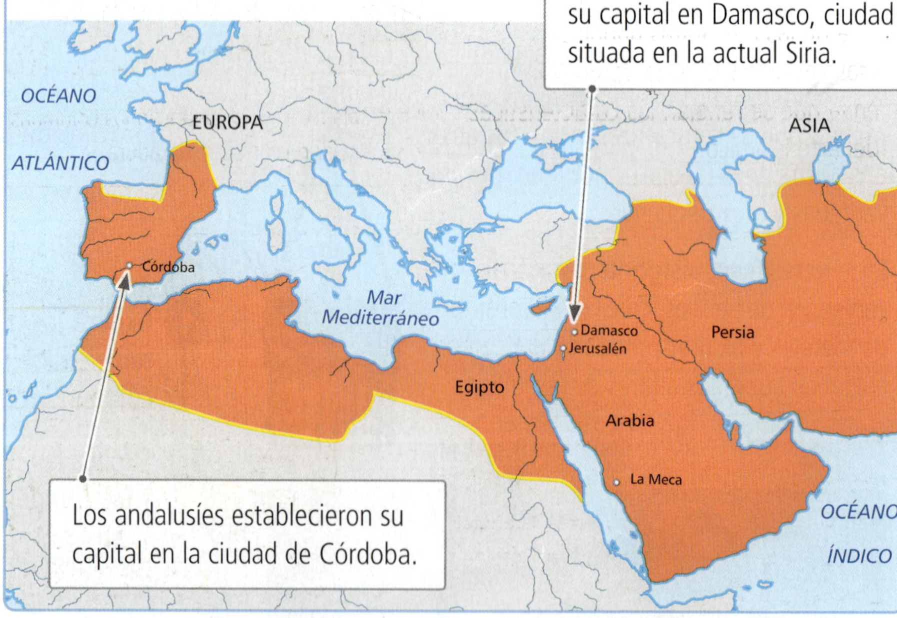

El califato de los Omeyas tenía su capital en Damasco, ciudad situada en la actual Siria.

Los andalusíes establecieron su capital en la ciudad de Córdoba.

3 En el año 929, **Abd al-Rahman III** proclamó el **califato de Córdoba.** Este califato tuvo que hacer frente a la presión de los reinos cristianos que habían surgido desde el siglo VIII en el norte peninsular y a las disputas internas. Como consecuencia, en el año 1031, el califato se fragmentó en pequeños reinos, denominados **reinos de taifas.**

4 A partir del siglo XI, el territorio peninsular dominado por los andalusíes fue cada vez menor, hasta que en el siglo XIII quedó reducido al **reino nazarí de Granada.**

La vida en al-Ándalus

La **civilización andalusí** se caracterizó por:

- Una **próspera economía,** gracias a actividades como la agricultura de regadío, el comercio y la artesanía, sobre todo, de cerámica y de seda.
- El desarrollo de la **ciencia** y la **cultura.** El mundo islámico recogió la herencia de la Antigüedad griega y romana y los saberes de territorios lejanos, y transmitió a Europa conocimientos médicos, matemáticos y filosóficos. La ciudad de Córdoba fue uno de los centros culturales más importantes.

La vida en al-Ándalus era más **urbana** que en los territorios cristianos. Las **ciudades andalusíes** estaban amuralladas y se formaban por una enmarañada red de **calles estrechas.** En una de sus plazas se celebraba el **zoco,** que era el mercado.

Amplía

La sociedad andalusí

Destacaron las diferencias entre los **grupos religiosos:**

- Entre los **musulmanes,** había una minoría que ostentaba el poder, formada por los conquistadores y sus descendientes, junto a los pobladores de la Península que se había convertido al islam.
- Los **cristianos** y los **judíos** pudieron mantener su religión a cambio de pagar impuestos.

Entre las construcciones de la ciudad sobresalía la **mezquita,** que era el templo de los musulmanes. En su estructura destacan el patio, la gran sala de oración y la torre, que se denomina alminar o minarete.

Una de las mezquitas andalusíes más importantes es la de Córdoba, en la que se reflejan las características del arte islámico.

En la sala de oración destacan las columnas y los arcos en forma de herradura.

Los principales materiales usados son el ladrillo y el yeso, que se decoran.

El núcleo amurallado de la ciudad recibe el nombre de **medina.** En él se situaba la **alcazaba,** que era la fortaleza del gobernante.

En la Península destaca la Alhambra de Granada. Fue construida como residencia de los monarcas nazaríes en el interior de la alcazaba de esa ciudad. Las estancias de este palacio se distribuían en torno a jardines y patios.

En el año 711, los **musulmanes** conquistaron una gran parte del territorio peninsular y lo llamaron **al-Ándalus.**

Al-Ándalus destacó por su **desarrollo económico y cultural.**

1. ¿Cómo se formó el califato de Córdoba? Indica cuál fue su final y con qué motivos se relaciona.
2. Explica por qué destacaron la economía y la cultura en al-Ándalus.
3. Investiga quiénes eran los muladíes y los mozárabes.
4. Describe una ciudad andalusí e indica la función del zoco, la alcazaba y la mezquita.

Los reinos cristianos

Durante los **siglos VIII y IX** surgieron en el norte de la península ibérica **núcleos cristianos** que no dependían de al-Ándalus:

- En la cordillera Cantábrica, la población astur se rebeló contra el dominio musulmán. En el año 722, los astures, liderados por el noble Pelayo, vencieron a los musulmanes en la batalla de Covadonga. Este hecho se considera el origen del **reino de Asturias.**
- En los Pirineos se formaron el **reino de Navarra** y los **condados aragoneses y catalanes.**

Estos núcleos cristianos iniciaron su **expansión** hacia el sur conquistando territorios de al-Ándalus.

El reino de Asturias se expandió hacia el valle del Duero y se convirtió en el **reino de León** al situar allí su capital.

Años más tarde, el reino de León se dividió en tres reinos independientes: **Castilla, Portugal** y **León.**

Los núcleos cristianos que habían surgido al noreste, el **reino de Navarra** y los **condados aragoneses y catalanes,** se expandieron hacia el valle del Ebro.

- Reino de Asturias
- Reino de Navarra
- Condados catalanes
- Califato de Córdoba

La fragmentación de al-Ándalus en reinos de taifas en el **siglo XI** favoreció que los cristianos aceleraran su **expansión hacia el sur.**

Para intentar detener este avance, los andalusíes convocaron a algunos pueblos musulmanes procedentes del norte de África: los **almorávides** y los **almohades.**

Los reinos cristianos luchaban contra los andalusíes y se enfrentaban entre sí, pero también podían unirse, como sucedía cuando un rey reunía dos tronos:

- **León** y **Castilla** estuvieron unidos en varias ocasiones entre los siglos XI y XII.
- Aragón y Barcelona se unieron en 1137 y formaron la **Corona de Aragón.**

En el año 1085, con la **conquista de Toledo** por Alfonso VI de Castilla y León, los cristianos alcanzaron el valle del Tajo.

El dominio de los reinos cristianos

Los musulmanes fueron derrotados en el año 1212 en la **batalla de Las Navas de Tolosa**, en el sur de la Península. Esta victoria de los cristianos, liderados por **Alfonso VIII de Castilla**, les permitió ocupar el valle del Guadalquivir y reducir considerablemente el territorio de al-Ándalus.

Desde mediados del siglo XIII y hasta finales del siglo XV, el territorio de al-Ándalus quedó reducido al **reino nazarí de Granada.**

Castilla y León se unificaron definitivamente en 1230 y formaron la **Corona de Castilla.** En su avance hacia el sur destacaron la conquista de los reinos de Jaén, Córdoba y Sevilla por Fernando III el Santo y la conquista del reino de Cádiz por Alfonso X el Sabio. A mediados del siglo XIV la Corona de Castilla alcanzó el estrecho de Gibraltar.

La **Corona de Aragón** también aumentó su territorio con la conquista de Valencia y de las islas Baleares por Jaime I el Conquistador. Más adelante, se expandió por el Mediterráneo conquistando Cerdeña, Sicilia y Nápoles.

Portugal extendió su territorio hasta el Algarve, el extremo sur de las costas atlánticas.

Navarra, cuya expansión hacia el sur había quedado bloqueada, ganó territorio en el norte de los Pirineos.

Durante los **siglos XIV y XV,** los reinos cristianos apenas ocuparon territorios musulmanes y concentraron su actividad en **organizar** el gobierno y la administración de sus **territorios.**

Los **reinos cristianos** se formaron en el norte de la Península como núcleos de resistencia a la ocupación musulmana.

Estos reinos **se expandieron** hacia el sur **conquistando territorio andalusí.**

1. ¿Con qué hecho histórico se relaciona el origen del reino de Asturias y quién lo protagonizó? Explica hacia dónde se expandió este reino, indicando a qué otros reinos dio lugar.
2. Explica cómo se formó la Corona de Aragón. ¿En qué dirección se expandió? ¿Y el reino de Navarra?
3. Distribuidos en grupos, seleccionad a uno de los personajes históricos que se mencionan en este apartado. Investigad sobre él y escribid una breve biografía.
4. Reflexiona y explica por qué crees que la desmembración del califato de Córdoba favoreció a los cristianos.

La vida en los reinos cristianos

El proceso de reconquista del **territorio** andalusí fue acompañado de su **repoblación**. Cuando los reinos cristianos conquistaban territorios de al-Ándalus, se instalaban en ellos pobladores **cristianos** del norte.

En ocasiones, los cristianos convivían con musulmanes que permanecían en el territorio, que recibían el nombre de **mudéjares**, y con comunidades de **judíos**. A pesar de que hubo enfrentamientos entre los fieles de las tres religiones, también fueron capaces de convivir pacíficamente.

La sociedad

En los reinos cristianos, la sociedad se dividía en grupos sociales llamados **estamentos**.

El **rey** se encontraba por encima de todos los grupos.

La nobleza y el clero eran los **estamentos privilegiados**, ya que no pagaban impuestos.

Los **nobles** y sus caballeros vivían en los castillos. Se dedicaban a **luchar**.

Los **clérigos** o eclesiásticos se dedicaban a la **oración**.

Los nobles y el clero eran propietarios de casi todas las tierras. Estas posesiones se las entregaba el rey para que fueran sus **señores**, es decir, para que las administraran y gobernaran. Las tierras de los señores se denominaban **feudos**.

La mayor parte de la población pertenecía al estamento de los **no privilegiados**. Estaban obligados a pagar impuestos a los grupos privilegiados.

Este grupo estaba formado principalmente por **campesinos**, ya que la agricultura y la ganadería eran las principales actividades económicas. Además, había **pequeños artesanos** y **comerciantes**.

Algunos campesinos **trabajaban** sus propias tierras. Sin embargo, la mayoría vivían en un feudo y trabajaban las tierras del señor a cambio de casa, protección y parte de lo obtenido por la explotación de esas tierras. Los campesinos de un feudo recibían el nombre de **siervos** y no podían abandonarlo sin permiso del señor.

Las ciudades medievales

A partir del **siglo XII**, las **ciudades medievales** comenzaron a recuperar importancia y a concentrar más población. Esta recuperación estuvo muy relacionada con el **desarrollo del comercio.**

El **castillo** se encontraba en la zona más elevada. En él vivía el rey o un noble con sus caballeros.

En las **plazas** se organizaban **mercados** en los que los comerciantes vendían sus productos.

Podía haber iglesias y monasterios, pero el templo más importante de la ciudad era la **catedral**. De ella dependían las parroquias de la ciudad y de las aldeas próximas.

Las ciudades estaban rodeadas por **murallas** y, a veces, por un **foso** para defenderse de los posibles ataques.

La mayoría de sus habitantes se dedicaban a la agricultura y la ganadería, aunque destacaban artesanos y comerciantes. Sus casas se iban construyendo sin planificación, lo que daba como resultado **calles** estrechas y enrevesadas.

Los **artesanos** y **comerciantes** se agrupaban en barrios según su oficio.

Con el desarrollo del comercio estos profesionales se enriquecieron y dieron lugar a un nuevo grupo social: la **burguesía**.

La sociedad medieval se dividía en **estamentos privilegiados**, nobleza y clero, y **no privilegiados**, campesinos, artesanos y comerciantes. Por encima de todos estaba el **rey.**

1. Explica qué era un feudo. ¿Quiénes trabajaban en él?
2. ¿Qué diferencias existían entre los privilegiados y los no privilegiados? ¿Cómo relacionas estas diferencias con la propiedad de la tierra?
3. ¿Con qué actividades económicas se relaciona la recuperación de las ciudades?

Arte en la Edad Media

En los reinos cristianos medievales, la **cultura** se desarrollaba principalmente en los **monasterios.** Los monjes que vivían en ellos eran casi los únicos que sabían leer y escribir, por lo que allí se guardaban y copiaban libros.

El latín seguía siendo la lengua utilizada en el ámbito cultural. Pero en esta época surgieron las **lenguas romances,** derivadas del latín, como el castellano, el catalán o el portugués.

El arte románico

Entre los siglos XI y XII se construyeron en Europa occidental **edificios románicos**, como iglesias y monasterios. Este arte llegó a la Península a través del **Camino de Santiago.** Esta ruta atrajo desde el siglo XI a peregrinos procedentes de toda Europa para visitar la tumba del apóstol Santiago, en Santiago de Compostela. La llegada de estos peregrinos favoreció la introducción del **arte románico**, que se caracteriza por lo siguiente:

Las **iglesias** no tienen mucha altura, pero en ellas suelen encontrarse **torres.**

El tipo de **arco** más frecuente es el **de medio punto,** es decir, con forma de semicircunferencia.

Los **muros** son muy gruesos, y las ventanas, muy pequeñas.

El **ábside** es la parte posterior y tiene forma semicircular.

Iglesia de San Martín, en Frómista (Palencia).

Iglesia de San Clemente, en Tahull (Lérida).

Las paredes interiores están decoradas con **pinturas,** en las que se representan escenas de la Biblia.

En la fachada se encuentra la **portada.** Está decorada con **esculturas.**

Basílica de San Vicente, en Ávila.

Amplía

La Escuela de Traductores de Toledo

Tras la conquista castellana de Toledo, los repobladores cristianos convivieron con musulmanes y judíos. Miembros de las **tres culturas** trabajaron allí para traducir obras de la Edad Antigua bajo el impulso de los obispos de la ciudad y del rey Alfonso X.

El arte gótico

El **gótico** es el estilo artístico típico de los siglos XIII, XIV y XV. Siguiendo este estilo se construyeron grandes catedrales. Entre ellas destacan las de Barcelona, Palma, León, Toledo y Burgos.

Los edificios son de gran **altura.** Además, tienen torres muy esbeltas y decoradas.

Los **muros** tienen menor grosor que en las construcciones románicas.

En las fachadas se colocan grandes vidrieras circulares, llamadas **rosetones.**

Los **arcos** empleados en las construcciones son **apuntados,** es decir, con un vértice en el centro.

Catedral de Burgos.

Catedral de León.

En los muros se abren muchas ventanas cubiertas con **vidrieras de colores.** Por ello, las construcciones góticas son muy luminosas.

Las **fachadas** se decoran con numerosas esculturas.

Catedral de Toledo.

El estilo artístico de los siglos XI y XII fue el **arte románico,** que se desarrolló por influencia del **Camino de Santiago.**

El **arte gótico** fue el estilo artístico de los siglos XIII, XIV y XV.

1. ¿Quiénes eran los mudéjares? ¿Por qué crees que a un determinado estilo artístico se le denomina mudéjar? Con ayuda de un adulto, busca información sobre el arte mudéjar y menciona dos ejemplos.

2. ¿Fueron importantes los monasterios para el desarrollo de la cultura medieval? Explica por qué.

3. ¿En qué se parecen el arte románico y el arte gótico? ¿En qué se diferencian?

ELABORAMOS UNA LÍNEA DEL TIEMPO

El paso del tiempo y los sucesos históricos se pueden representar gráficamente en líneas del tiempo. Estas se emplean para localizar los hechos más importantes y comprender su sucesión en el tiempo.

Así se hace

Observa esta línea del tiempo de la Edad Media en la península ibérica.

1 Se dibuja una línea o un rectángulo y se divide en tantas partes como períodos se necesite reflejar. Cada parte tendrá un tamaño proporcional a la duración de la etapa que representa.

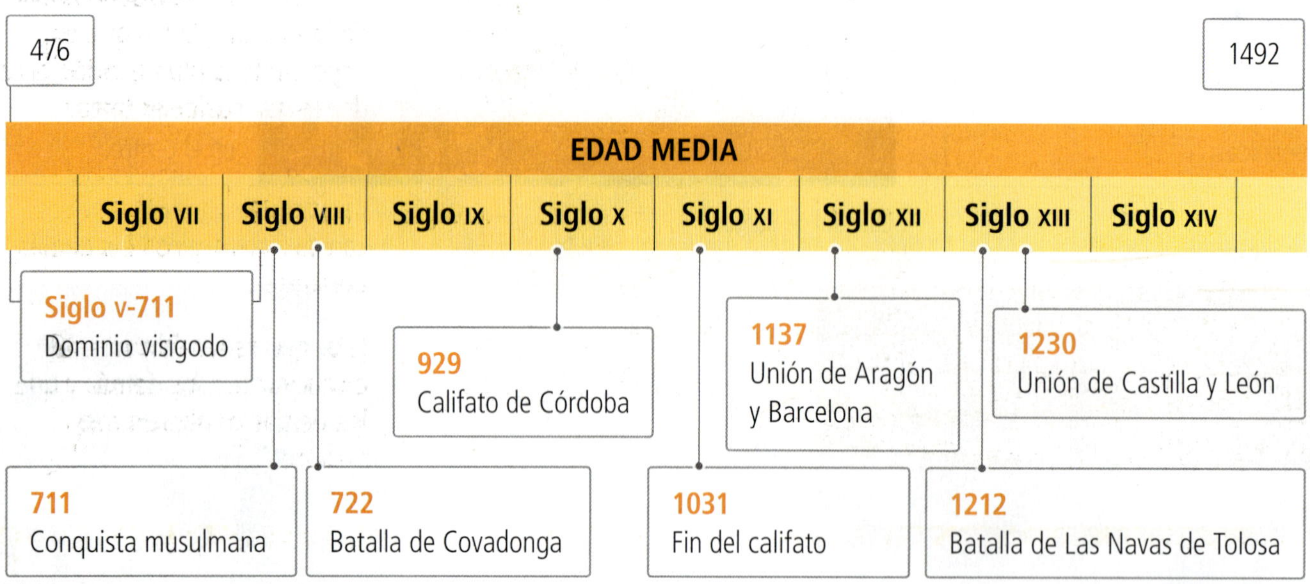

2 Se recopilan los hechos históricos que se quieran representar y las fechas en que tuvieron lugar.

3 Las fechas y acontecimientos se sitúan en la línea. Los hechos más antiguos se colocan a la izquierda, y los más próximos, a la derecha.

AHORA ME TOCA A MÍ

1 Observa la línea del tiempo de la Edad Media y contesta las preguntas:

a. ¿Qué sucedió antes, la proclamación del califato de Córdoba o la unión de Castilla y León?

b. ¿Qué período duró más, el reino visigodo o el califato de Córdoba?

2 Ahora, dibuja una línea del tiempo del período visigodo y representa en ella los hechos históricos que has estudiado en la página 94.

Para conocer algunas fechas tendrás que recopilar más información. Puedes consultar alguna enciclopedia o buscar en internet con ayuda de un adulto.

COLABORAMOS PARA AVANZAR

La catedral de Santa María de Sevilla es la catedral gótica más grande de Europa. Comenzó a construirse en el siglo XV y un siglo después ya estaba acabada casi en su totalidad. Todo un logro, si tenemos en cuenta sus dimensiones. Para conseguirlo fue necesario el esfuerzo de muchísimas personas y la participación de numerosos oficios: desde el maestro encargado de su diseño, hasta los canteros que cortaron los bloques de piedra que la componen.

El trabajo en equipo es esencial para que muchas tareas tengan éxito. En cualquier trabajo, es imprescindible que cada una de las personas implicadas cumplan su función para alcanzar el resultado con éxito. Del mismo modo, todos debemos colaborar con otras personas y cumplir con nuestro cometido para alcanzar unas metas comunes.

1. ¿Cuántos años, aproximadamente, tardó en construirse la catedral de Sevilla?
2. Antes de comenzar la construcción de la catedral, se elaboraron unos planos y un diseño previo de la misma. ¿Crees que es importante la planificación antes de realizar cualquier tarea?
3. Explica cómo puedes colaborar con tus compañeros de clase, con tu familia y con las demás personas.

   ¿Por qué es tan importante colaborar con los demás y que los demás colaboren con nosotros?

En la actualidad existen otros notables ejemplos de cooperación para conseguir un fin. Uno de los más conocidos probablemente sea la estación espacial internacional. Esta se encuentra en el espacio, orbitando alrededor de la Tierra.

Es una importante obra de ingeniería en cuyos proyectos colaboran astronautas y científicos de diferentes países: europeos, japoneses, estadounidenses, etc.

Está habitada por personas continuamente, y permite realizar importantes investigaciones sobre el espacio, siempre con la cooperación entre varios países.

4. En la estación espacial pueden residir hasta seis personas. En clase, debatid sobre cómo serán las condiciones de vida de estos astronautas.

   ¿Creéis que es importante establecer unas normas de convivencia y cooperación? Si es así, redactad una propuesta entre todos.

¡INOLVIDABLE!

1 **Copia esta línea del tiempo y complétala con los períodos y las fechas que marcan su inicio y su fin.**

2 **Relaciona cada rey visigodo con el hecho principal de su reinado.**

Recaredo	Sometió a los suevos y a los vascones.
Leovigildo	Elaboró leyes comunes para visigodos e hispanorromanos.
Recesvinto	Se convirtió al catolicismo.

3 **Copia en tu cuaderno estos hechos ordenándolos del más antiguo al más reciente.**

- Conquista castellana de Toledo.
- Batalla de Covadonga.
- Derrota de don Rodrigo.
- Batalla de Las Navas de Tolosa.
- Califato de Abd al-Rahman III.
- Reinos de taifas.

4 **¿Qué relación tuvo al-Ándalus con la transmisión de la cultura griega y romana?**

a. Destruyó el conocimiento clásico para imponer el islam.

b. Transmitió a Europa los conocimientos clásicos que se habían perdido.

c. Conoció la cultura de Grecia y Roma pero la guardó en secreto.

5 **¿Qué tres grupos religiosos convivían en el territorio de la península ibérica durante la Edad Media?**

6 **Identifica estas construcciones propias de al-Ándalus.**

a. Era el mercado: ..... .

b. Fortaleza donde residía el gobernante: ..... .

c. Era el templo de los musulmanes: ..... .

7 **Copia y completa las siguientes oraciones.**

a. El reino de Asturias dio origen al reino de ..... , del que más tarde se separaron ..... y ..... .

b. En los Pirineos surgieron el reino de ..... y la Corona de ..... .

c. La fragmentación de al-Ándalus en reinos de ..... posibilitó la ..... .

8 **Copia estas palabras en tu cuaderno clasificadas según pertenezcan al grupo de privilegiados o al de no privilegiados: *caballero, fraile, noble, campesino, obispo, comerciante, artesano.***

9 **Observa este mapa y realiza una leyenda con los nombres de los reinos cristianos.**

10 **Copia los nombres de estos estilos artísticos, desde el más antiguo al más reciente. Después, indica con qué estilo asocias la fotografía que aparece a continuación y explica por qué.**

gótico | visigodo | románico

11 Lee el siguiente texto y resuelve las actividades que aparecen a continuación.

Pasar una noche toledana

¿Has oído alguna vez la expresión «pasar una noche toledana»? Significa que alguien ha pasado una mala noche sin poder dormir.

Existen varias explicaciones sobre el origen de esta frase hecha. Algunas de ellas se relacionan con la Edad Media de la península ibérica.

A **Una explicación se relaciona con una leyenda de la etapa de al-Ándalus. En ella se cuenta que un gobernador de Toledo engañó a un grupo de nobles que se había rebelado contra el califa: los invitó a su palacio a una cena y los asesinó.**

1. ¿Qué es al-Ándalus? Explica cómo surgió y su evolución hasta el siglo XIII.
2. Toledo fue la capital del reino que existía antes de al-Ándalus. ¿Qué reino era este? Explica las principales características de su sociedad.
3. Toledo fue una ciudad andalusí. ¿Por qué se caracterizaron estas ciudades?

B **Otra explicación tiene que ver con la localización de la ciudad junto al río Tajo. En las zonas de río es frecuente que haya mosquitos, por lo que se pueden relacionar las molestias provocadas por estos insectos con la dificultad para poder dormir.**

1. ¿En qué fecha alcanzó la conquista castellana el valle del Tajo?
2. ¿En qué fecha se inició la conquista del valle del Guadalquivir? ¿Con qué batalla se asocia?

C **Toledo es conocida como la «ciudad de las tres culturas», por la época en la que convivieron allí cristianos, musulmanes y judíos.**

1. ¿Con qué rey se relaciona la conquista de Toledo? Menciona los reinos cristianos que existían en la Península en esa etapa.
2. Explica qué grupos sociales existían en los reinos cristianos y a qué actividad principal se dedicaba cada uno de ellos.
3. ¿Qué fue la Escuela de Traductores de Toledo? Explica con qué rey se relaciona y por qué otro hecho fue conocido este monarca.

D **Una de las construcciones más conocidas de Toledo es su catedral, que fue edificada en esta etapa. ¿De qué estilo artístico es? Explica las principales características de este estilo.**

6 LA EDAD MODERNA

¿Qué aspectos de la cultura de un lugar componen su patrimonio? ¿Por qué es importante conservarlo y darlo a conocer?

Para gestionar el territorio que reconquistéis, es interesante que conozcáis algunos errores que se cometieron en el pasado, para evitar su repetición. En esta unidad veréis cómo las guerras en las que participó España durante la Edad Moderna, generaron una crisis que afectó gravemente a la población.

¿Una etapa de crisis afecta del mismo modo a todos los grupos sociales? Explícalo con algún ejemplo.

¿Cómo analizarías un texto histórico para conocer mejor la etapa con la que se relaciona?

El comienzo de la Edad Moderna

A finales de la Edad Media, la Península estaba dividida en **reinos.** Por un lado, había varios cristianos: Portugal, Navarra, Aragón y Castilla. Por otro lado, se encontraba el reino nazarí de Granada, en poder de los musulmanes.

Esta situación cambió durante el Reinado de los Reyes Católicos, que fue el origen de la **monarquía hispánica.**

Los Reyes Católicos

El matrimonio entre **Fernando II** de Aragón e **Isabel I** de Castilla en 1469 tuvo como consecuencia que estas dos coronas compartieran reyes, aunque siguieron manteniendo sus propias leyes e instituciones de gobierno.

Los **Reyes Católicos** realizaron **reformas** para aumentar su poder y reducir el que la nobleza y el clero habían tenido durante la Edad Media. Esta forma de gobierno se denomina **monarquía autoritaria.** De las reformas que realizaron destacan la organización de diversas **instituciones,** como los consejos, para ayudarles en las tareas de gobierno, y el aumento de la recaudación, a través de la subida de **impuestos** o la creación de nuevos.

En el exterior, aumentaron su poder a través de **alianzas matrimoniales:** casaron a sus hijos con los herederos de los reinos de Austria, Inglaterra y Portugal.

También llevaron a cabo una importante **expansión territorial** por la península ibérica y por tierras del océano Atlántico.

Amplía

Isabel y Fernando: los Reyes Católicos

Isabel I y Fernando II trataron de imponer la religión católica a todos sus súbditos. Las medidas para lograrlo les sirvieron para que el papa les concediera el título de «Católicos».

- En 1492 obligaron a los judíos a convertirse al catolicismo, y los que no lo hicieron fueron expulsados.
- En 1502 obligaron a los mudéjares, que eran la población musulmana residente en el territorio cristiano, a convertirse al catolicismo. Estos pasaron a ser conocidos como «moriscos».

El reino de **Navarra** fue conquistado en 1512.

La expedición a **tierras americanas** se financió durante su reinado.

La conquista de las **islas Canarias** se completó en 1496.

En 1493, se recuperaron algunos **territorios al norte de los Pirineos** que años antes habían caído bajo el poder de Francia.

Granada, la capital del último reino musulmán de la Península, se rindió en 1492 tras una larga guerra.

El descubrimiento de un nuevo mundo

Al final de la Edad Media los europeos buscaban una **ruta** segura que los condujese hasta Asia para conseguir especias y otras mercancías. Para lograrlo, **Cristóbal Colón** ideó un proyecto con el que pretendía llegar a Asia navegando hacia el oeste. Colón ofreció su proyecto a los Reyes Católicos y estos, una vez terminada la conquista de Granada en 1492, decidieron correr con los gastos de esta expedición.

El 3 de agosto de 1492, Colón zarpó del puerto de Palos, en Huelva, al mando de tres naves: la *Santa María,* la *Pinta* y la *Niña.* El **12 de octubre de 1492** la flota llegó a una isla de las actuales Bahamas, que Colón llamó San Salvador. Este fue el primer paso de la conquista de América.

La América precolombina y su conquista

Cuando los europeos llegaron a América, allí vivían una serie de **pueblos,** a los que luego se llamó **precolombinos.** Entre todos ellos destacaban el Imperio azteca, el Imperio inca y la civilización maya.

Estos territorios fueron **conquistados** e integrados en la Corona de Castilla. A sus habitantes les impusieron la lengua castellana y la religión católica.

1 Tenochtitlán

2 Chichén Itzá

3 Machu Picchu

Amplía

Los grandes viajes

Durante la Edad Moderna, se llevaron a cabo importantes viajes de exploración marítima:

- En 1513, Vasco Núñez de Balboa llegó hasta el océano Pacífico a través de Panamá.
- Entre 1519 y 1522, la expedición iniciada por Fernando de Magallanes y finalizada por Juan Sebastián Elcano consiguió dar la primera vuelta al mundo.

Estos viajes estuvieron favorecidos por el uso de avances técnicos, como el astrolabio y la brújula.

Con los **Reyes Católicos** se produjo el comienzo de la Edad Moderna. Su reinado supuso una gran **expansión territorial,** incluido el **descubrimiento de América.**

1. De los reinos que existían en la península ibérica a finales de la Edad Media, ¿cuáles formaron parte de la monarquía de los Reyes Católicos?
2. Investiga qué consecuencias tuvieron para Castilla y para Aragón la expulsión de los judíos y la conversión de los mudéjares.
3. Explica las razones que motivaron los grandes viajes de la Edad Moderna.

El siglo XVI

Durante el **siglo XVI,** los dos primeros monarcas de la dinastía de los Austrias, **Carlos I** y **Felipe II,** gobernaron un extenso y poderoso imperio, con posesiones en África, América, Asia y Europa.

El reinado de Carlos I

Carlos I, nieto de los Reyes Católicos, fue el soberano europeo más importante en su tiempo. Durante su reinado, entre 1516 y 1556, gobernó sobre extensos territorios:

- Recibió una **inmensa herencia territorial** como consecuencia de las alianzas matrimoniales establecidas por los Reyes Católicos.
- En 1520, fue designado **emperador del Sacro Imperio** (un conjunto de estados situados en el centro de Europa) con el nombre de **Carlos V.**
- Impulsó la **conquista del territorio americano.** Durante su reinado se sometieron los Imperios inca (por Francisco Pizarro) y azteca (por Hernán Cortés), así como la civilización maya. Además, implantó instituciones de gobierno para colonizar el territorio.

Sin embargo, Carlos I tuvo que hacer frente a **rebeliones internas,** además de emprender algunas **guerras en defensa del catolicismo.**

Su reinado finalizó en 1556, año en que abdicó en su hijo Felipe. En manos de este dejó sus posesiones territoriales, excepto Austria y el título de emperador.

Amplía

La Reforma protestante

A **comienzos del siglo XVI,** algunos católicos pensaban que la Iglesia debía cambiar. Cuestionaban, entre otros aspectos, la autoridad del papa de Roma. La primera reforma importante fue promovida por un monje alemán llamado **Martín Lutero.**

Estos cristianos fueron expulsados de la Iglesia católica y fundaron las **Iglesias protestantes,** como la luterana y la calvinista. Alcanzaron gran importancia en el norte de Europa.

La intolerancia religiosa entre católicos y protestantes dio origen a las conocidas como **guerras de religión.**

Al comienzo de su reinado, Carlos I tuvo que enfrentarse a **rebeliones internas** en Castilla y en Valencia.

Como emperador, y en **defensa del catolicismo,** Carlos I emprendió varias guerras.

- Luchó contra **Francia,** su principal rival en Europa.
- Se enfrentó a los príncipes alemanes que se habían unido a la **Reforma protestante.**
- Combatió contra el Imperio musulmán de los **otomanos.**

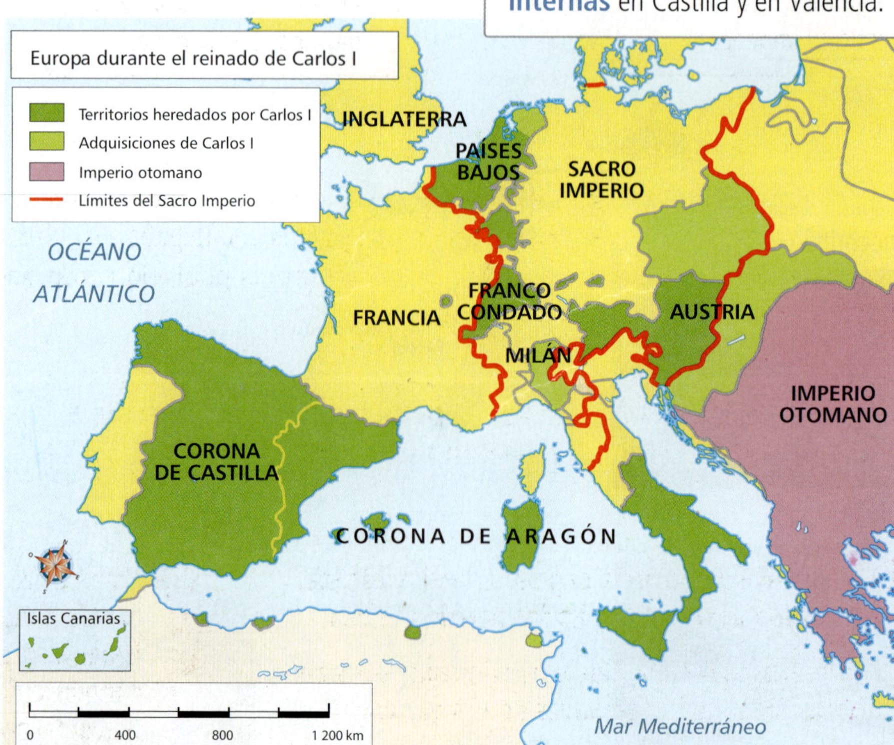

El reinado de Felipe II

Felipe II, hijo de Carlos I, reinó entre 1556 y 1598. Recibió en **herencia** importantes dominios territoriales, que amplió a través de **conquistas.** Sin embargo, también tuvo que hacer frente a algunas **derrotas** que supusieron pérdidas territoriales.

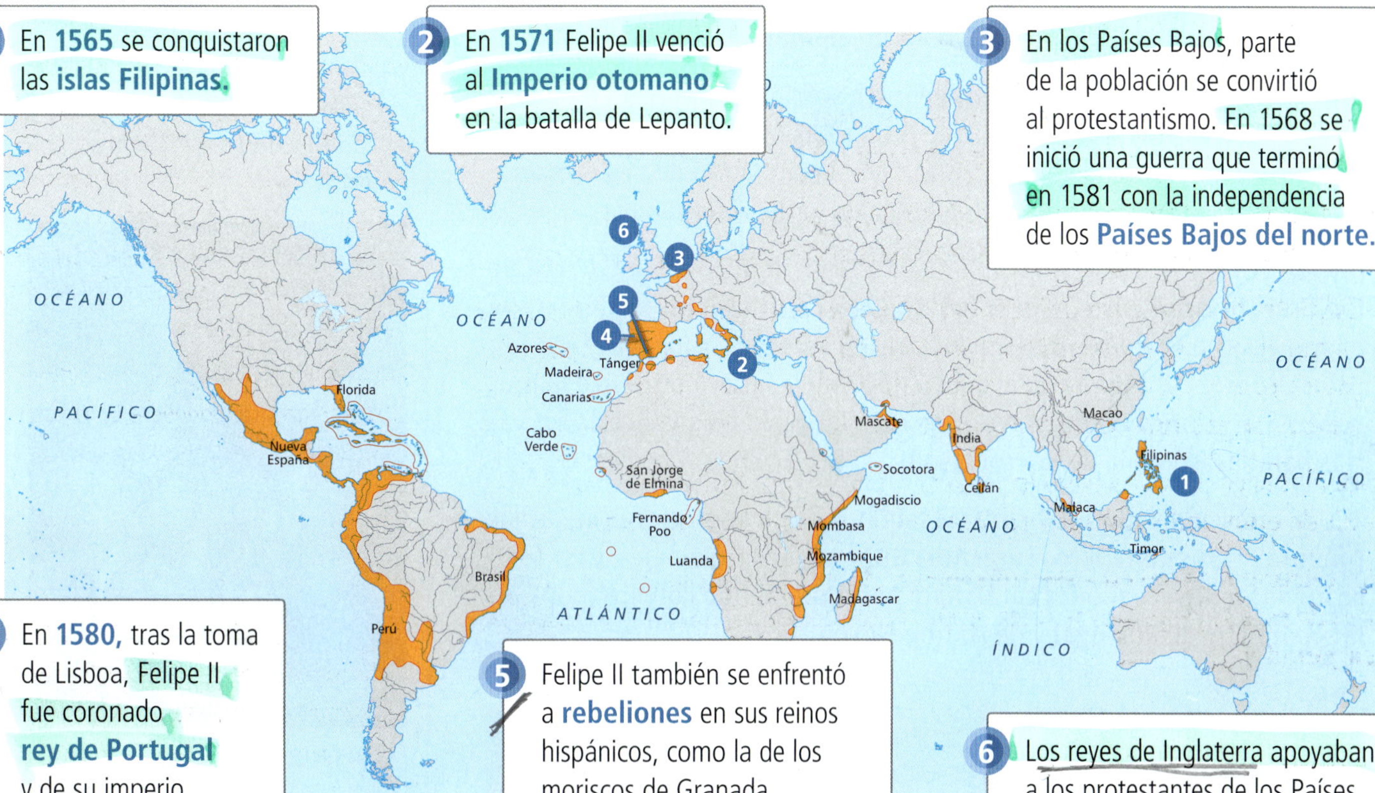

1 En **1565** se conquistaron las **islas Filipinas.**

2 En **1571** Felipe II venció al **Imperio otomano** en la batalla de Lepanto.

3 En los Países Bajos, parte de la población se convirtió al protestantismo. En 1568 se inició una guerra que terminó en 1581 con la independencia de los **Países Bajos del norte.**

4 En **1580,** tras la toma de Lisboa, Felipe II fue coronado **rey de Portugal** y de su imperio.

5 Felipe II también se enfrentó a **rebeliones** en sus reinos hispánicos, como la de los moriscos de Granada.

6 Los reyes de Inglaterra apoyaban a los protestantes de los Países Bajos y a los corsarios que atacaban a los barcos españoles. Felipe II organizó una gran flota, la **Armada invencible,** para invadir Inglaterra en **1588,** aunque este proyecto fracasó.

Las consecuencias de los conflictos

La gran cantidad de guerras en las que se vio envuelta la monarquía con Felipe II perjudicaron a la **economía.** Las riquezas que llegaban de América y los altos impuestos que se recaudaban entre la población empezaron a ser insuficientes para pagar estos gastos.

En el **siglo XVI,** con **Carlos I** y **Felipe II,** la monarquía hispánica logró formar un extenso y poderoso **imperio.**

1. Observa el mapa de la página anterior y escribe en tu cuaderno qué territorios heredó Carlos I.
2. Investiga cuáles eran los territorios que formaban parte del Imperio portugués en el siglo XVI.
3. ¿Qué territorios añadió Felipe II a su herencia?
4. Copia estos hechos históricos en orden desde el más antiguo hasta el más reciente: batalla de Lepanto, designación de Carlos V como emperador, conquista de Portugal, independencia de los Países Bajos del norte, fin del reinado de Carlos I. Después, elabora una línea del tiempo con ellos.

El siglo XVII

Los problemas económicos derivados de las guerras mantenidas durante el siglo XVI provocaron una grave situación de **crisis** en el **siglo XVII.**

La decadencia de la monarquía hispánica

Los **monarcas** hispánicos del **siglo XVII** fueron **Felipe III** (1598-1621), **Felipe IV** (1621-1665) y **Carlos II** (1665-1700). Estos tres reyes delegaron sus responsabilidades, dejando el gobierno en manos de **validos.**

Durante este siglo, la monarquía hispánica sufrió continuas derrotas en las guerras en las que participó, lo que provocó la pérdida de su influencia en Europa. Estos fracasos bélicos, junto con la situación de crisis económica, sumieron a la monarquía hispánica en la **decadencia:**

- Entre 1618 y 1648, la monarquía hispánica se implicó en la **Guerra de los Treinta Años.** Esta guerra fue un gran conflicto que se desarrolló en toda Europa y que enfrentó a los países católicos y a los protestantes. Estos últimos contaban con el apoyo de Francia, que sustituyó a la monarquía hispánica como mayor potencia europea tras vencerla en varias batallas, como la de Rocroi (1643).
- A la complicada situación bélica y económica de la monarquía se sumaron numerosos **conflictos internos.** Hubo revueltas sociales, y en 1640 se iniciaron las rebeliones catalana y portuguesa, que concluyeron con la separación de Portugal y de su imperio en 1668.

Las derrotas sufridas a lo largo del **siglo XVII** por la monarquía hispánica conllevaron grandes **pérdidas territoriales.**

Amplía

El gobierno de los validos

Los **validos** eran personas en las que algunos reyes delegaban gran parte de las tareas de gobierno y que, en la práctica, eran los verdaderos gobernantes. Los más importantes fueron el **duque de Lerma,** con Felipe III, y el **conde-duque de Olivares,** con Felipe IV.

Duque de Lerma.

Conde-duque de Olivares.

La crisis del siglo XVII

En el **siglo XVII** se produjo un **estancamiento de la población**, provocado principalmente por las guerras, las epidemias de peste, las malas cosechas y la expulsión de los moriscos de la Península ordenada en 1609.

A estas dificultades se unieron los **problemas económicos**, que causaron un grave empobrecimiento de la población y la caída de la agricultura:

- El **empobrecimiento de la población** estaba relacionado con los grandes impuestos que pagaba para mantener los gastos de las guerras.
- La **agricultura** redujo su producción debido, fundamentalmente, al descenso de la población y a la expulsión de los moriscos, que en su mayoría eran agricultores.

Esta situación de crisis económica agravó las **desigualdades** entre grupos sociales:

Los **reyes** aprovecharon su poder como monarcas autoritarios para recaudar grandes sumas de impuestos y así financiar las guerras.

Los **estamentos privilegiados,** la nobleza y el clero, al ser dueños de gran parte de las tierras y no pagar impuestos, no sufrieron tanto los efectos de la crisis. Además, muchos ocuparon los principales cargos de la monarquía como consejeros y militares.

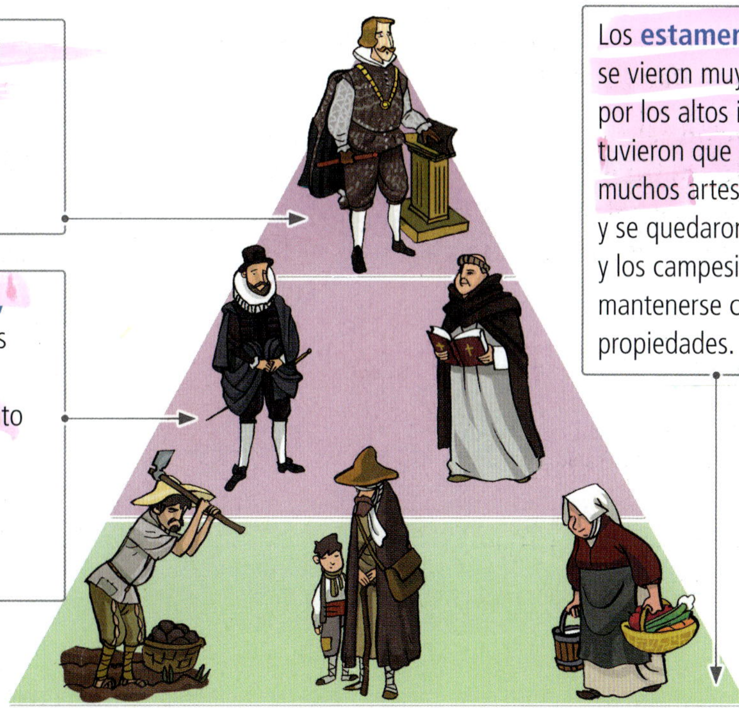

Los **estamentos no privilegiados** se vieron muy presionados por los altos impuestos a los que tuvieron que hacer frente. Además, muchos artesanos se arruinaron y se quedaron sin sus talleres, y los campesinos apenas pudieron mantenerse con sus pequeñas propiedades.

Durante el **siglo XVII** la monarquía hispánica sufrió **pérdidas de territorios**, una **profunda crisis económica** y el **empobrecimiento de su población.**

1. Explica un acontecimiento del siglo XVII, diferenciando sus causas y consecuencias.
2. ¿Qué grupo social fue el más perjudicado por la crisis? Explica cómo afectó a cada grupo.
3. ¿Quiénes eran los moriscos? ¿Durante qué reinado fueron expulsados y cómo influyó en la situación económica de la Península? En clase, debatid sobre la expulsión de un grupo social de un país y qué os parecería si sucediera en la actualidad.

El siglo XVIII

El **siglo XVIII** se inició con la **Guerra de Sucesión,** que se relaciona con el comienzo de una **nueva dinastía** de reyes.

Carlos II murió en 1700 **sin descendientes.** Aunque había elegido como heredero a Felipe de Borbón, nieto del rey de Francia, no se pudo evitar que en **1701** estallara una **guerra** para sucederlo en el trono. La Guerra de Sucesión fue a la vez una guerra civil e internacional:

- **Felipe de Borbón** tuvo el apoyo de Francia y de la mayor parte de los súbditos castellanos.
- Frente a Felipe de Borbón estaba **Carlos de Austria,** apoyado por Austria, Inglaterra, Países Bajos y Portugal, además de por la mayor parte de los habitantes de la Corona de Aragón.

La Guerra de Sucesión en España: Felipe de Borbón venció las batallas más importantes que se desarrollaron en la Península, como la de Almansa en el año 1707.

La Guerra de Sucesión en Europa: Felipe de Borbón perdió grandes batallas en Europa. Por esta razón, en el **Tratado de Utrecht** (1713) se le reconoció como rey a cambio de que cediera territorios a sus contendientes.

El reinado de Felipe V

Tras el **Tratado de Utrecht,** Felipe de Borbón reinó como Felipe V hasta 1746. Su reinado solo fue interrumpido en el año 1724, fecha en la que abdicó en su hijo **Luis I.** Sin embargo, este rey falleció a los ocho meses de reinado y Felipe V recuperó el trono.

El primer rey de la dinastía Borbón en España realizó **reformas** que aumentaron el poder de la monarquía, como controlar la designación de alcaldes y funcionarios. Además, como represalia por haber luchado contra él, abolió las **leyes e instituciones** de la Corona de Aragón y las sustituyó por las castellanas u otras de nueva creación.

Este tipo de monarquías, más poderosas que las autoritarias, reciben el nombre de **monarquías absolutas.**

Amplía

La residencia de Felipe V

Felipe V se había criado en Francia, en el lujoso **Palacio de Versalles.** A su llegada al trono hispánico, las residencias reales de la dinastía de los Austrias le parecieron muy austeras. Por eso, ordenó edificar un palacio al estilo del francés: el **Palacio de La Granja de San Ildefonso,** en Segovia.

Fernando VI y Carlos III

Tras el reinado de Felipe V subió al trono **Fernando VI** (1746-1759), que fue sucedido por **Carlos III,** que reinó hasta 1788. Estos reyes, influidos por la ideas de la **Ilustración,** impulsaron reformas para mejorar la agricultura, el comercio y la artesanía, y así aumentar su prestigio y su poder:

- Promovieron las **Reales Fábricas,** como la de Paños, que Fernando VI fundó en Brihuega (Guadalajara).
- Realizaron **grandes obras públicas,** como el Canal Imperial de Aragón y las reformas urbanas en Madrid durante el reinado de Carlos III.

Sin embargo, estos reyes no renunciaron a su poder absoluto, lo que fue muy criticado por los pensadores de la Ilustración. A esa forma de gobierno que combinaba el reformismo con el mantenimiento del absolutismo se le denomina **despotismo ilustrado.**

En el **siglo XVIII,** los primeros reyes de la **dinastía de los Borbones,** Felipe V, Fernando VI y Carlos III, aumentaron su poder y promovieron reformas ilustradas.

Amplía

La Ilustración

En el siglo XVII, en Francia surgió el movimiento conocido como **Ilustración,** cuyo objetivo era **modernizar la sociedad** elevando la cultura de la población. Los ilustrados se caracterizaban porque:

- Defendían la **razón** y el desarrollo de la **ciencia.**
- Recopilaron el saber de su época en obras como la **Enciclopedia.**
- **Rechazaban** el gobierno **absolutista** de los reyes, es decir, la acumulación de todos los poderes en una sola persona.

1. Copia en tu cuaderno las siguientes líneas del tiempo con los reyes españoles de la Edad Moderna y señala sobre ellas los siguientes acontecimientos: rebelión de los moriscos de Granada, reinado de Luis I, Guerra de Sucesión, independencia de Portugal, expulsión de los moriscos, batalla de Rocroi, «Armada invencible», independencia de los Países Bajos del norte, victoria sobre el Imperio otomano en la batalla de Lepanto.

2. Averigua el nombre de tres intelectuales ilustrados europeos y redacta una breve biografía sobre cada uno de ellos.

3. Explica la diferencia entre monarquía absoluta y despotismo ilustrado.

4. ¿Por qué se produjo la Guerra de Sucesión? Explica por qué se dice que fue una guerra civil e internacional.

Arte en la Edad Moderna

En la Edad Moderna se produjo un cambio radical en el pensamiento, que surgió ligado a la corriente llamada **Humanismo.** Durante la Edad Media, Dios era el centro de todas las actividades, y este lugar pasó a ser ocupado por el ser humano.

Este **cambio de mentalidad** se vio reflejado en las manifestaciones artísticas de la Edad Moderna.

Amplía

La ciencia

En esta época se producen importantes avances científicos, como los realizados por Isaac Newton, que formula la ley de la gravedad, y por Johanes Kepler y Galileo Galilei, que estudian el sistema solar y demuestran que la Tierra gira alrededor del Sol.

Literatura: el Siglo de Oro

La **literatura** en lengua castellana alcanzó uno de sus momentos más brillantes entre los siglos XVI y XVII, etapa conocida como el **Siglo de Oro.**

En **teatro** destacaron Calderón de la Barca, autor de *La vida es sueño,* o Lope de Vega, de *Fuenteovejuna.*

Luis de Góngora y Francisco de Quevedo son dos de los máximos representantes de la **poesía.**

En **narrativa,** sobresalió *Don Quijote de la Mancha*, de Miguel de Cervantes. Hubo también obras que retrataron la situación de pobreza de la época, como *La vida del Buscón*, de Francisco de Quevedo, y el *Lazarillo de Tormes*.

El Renacimiento

El **Renacimiento** fue el estilo artístico que predominó durante los **siglos XV y XVI.** Surgió en Italia, donde destacaron artistas como Leonardo da Vinci, Rafael o Miguel Ángel. Desde allí se expandió al resto de Europa.

Arquitectura

Las construcciones renacentistas buscan la **proporción** y el **equilibrio.** En ellas se aprecian las influencias de elementos decorativos y arquitectónicos de la Grecia y la Roma de la **Edad Antigua.**

Destacan construcciones como el **palacio de Carlos V** o el **monasterio de San Lorenzo de El Escorial.** Se caracterizan por:

Arcos de medio punto, es decir, con forma semicircular.

Columnas decorativas, con influencia del arte de la Antigüedad.

Frontón triangular en la parte superior de la fachada o de la portada.

Fachada del palacio de Carlos V en la Alhambra de Granada.

Pintura

Uno de los pintores más destacados de este período es **El Greco.** Entre las características de su obra, es muy representativo su uso del color y de la luz.

El entierro del señor de Orgaz.

El Barroco

El estilo artístico que predominó a partir del **siglo XVII** fue el **Barroco.** Surgió también en Italia y en la larga lista de grandes artistas barrocos europeos destacan pintores como Rubens o Caravaggio.

Arquitectura

Las construcciones barrocas se caracterizan por su **decoración** recargada y exuberante. En España destacan la fachada del **Hospicio** de Madrid, la **plaza Mayor** de Salamanca y la **basílica del Pilar** de Zaragoza.

Destacan las **portadas,** que suelen tener mayor altura que el muro y están decoradas.

Utilizan **ventanas con forma ovalada** y **líneas curvas** en la construcción, formando paredes cóncavas o convexas.

Hospicio de Madrid.

Los estilos artísticos propios de la Edad Moderna fueron el **Renacimiento** y el **Barroco.**

1. Explica las diferencias entre el arte renacentista y el barroco.
2. Elige a un persona que destacó en la cultura o la ciencia de la Edad Moderna y, después de realizar una investigación, elabora una biografía sobre ella.
3. Realiza un mapa conceptual sobre la literatura española en el Siglo de Oro.

Pintura

En la pintura barroca se representa la realidad de modo natural y se usa el color para reforzar el **contraste** entre las zonas iluminadas y las zonas en sombra. Entre sus autores se encuentran **Murillo, Zurbarán** y **Velázquez.**

Los **temas** principales son **religiosos,** aunque también reflejan la **sociedad,** como en *Niños comiendo uvas y melón,* de **Murillo.**

Entre las obras de **Velázquez** destaca un retrato de la familia de Felipe IV, *Las Meninas,* por la perfección de su técnica al representar la realidad.

A finales de esta etapa destaca **Francisco de Goya.** En sus obras refleja características de la sociedad de su época, como en *La Vendimia.*

ANALIZAMOS UN TEXTO HISTÓRICO

Para interpretar un texto histórico, hemos de leerlo con atención y buscar las palabras que no conocemos para entenderlo. Después, en una segunda lectura, identificamos las ideas importantes.

Además, para comprender totalmente un texto histórico, debemos relacionarlo con el momento y el lugar al que se refiere o en el que se redactó.

El análisis de los textos históricos nos ayuda a comprender las causas que generan los acontecimientos y sus consecuencias.

Así se hace

Después de su llegada a San Salvador en 1492, Colón viajó otras tres veces más a América, entre 1493 y 1504. En estos viajes exploró las islas del Caribe y las costas de América Central y del norte de América del Sur. Sin embargo, no era consciente de haber llegado a un nuevo continente, por lo que llamó a estas tierras Indias occidentales.

Los territorios americanos fueron conquistados algunos años después. Desde los asentamientos establecidos en las islas y en las zonas costeras, se exploró el interior del continente y se realizaron expediciones de conquista.

Entre los conquistadores destacaron:

- Hernán Cortés, que conquistó el Imperio azteca entre 1519 y 1521 e inició las exploraciones en el territorio maya.
- Pedro de Alvarado, que conquistó las ciudades más importantes de la civilización maya en 1524.
- Francisco Pizarro, que conquistó el Imperio inca entre 1531 y 1533. Desde allí, Diego de Almagro exploró la zona sur.

La conquista supuso un desastre demográfico para los indígenas, provocado por causas diversas como las guerras, su falta de defensas ante las enfermedades que llegaron de Europa y las duras condiciones de trabajo que les impusieron los conquistadores.

Autor: lo desconocemos.

Marco histórico: finales del siglo XV y principios del XVI, al comienzo de la Edad Moderna.

Resumen: los territorios a los que llegó Colón en 1492 fueron conquistados posteriormente, durante el reinado de Carlos I. La conquista tuvo consecuencias demográficas negativas.

AHORA ME TOCA A MÍ

1 ¿De qué forma contribuye a tu comprensión de la unidad el análisis del texto anterior?

2 ¿Para qué sirve el análisis de un texto histórico?

3 Analiza el texto histórico siguiente:

En 1517, el monje alemán Martín Lutero se opuso a la venta de indulgencias, bulas por las que el papa de Roma —para financiar la construcción de la catedral de San Pedro— perdonaba los pecados a cambio de dinero.

En respuesta, el papado excomulgó a Lutero, esto es, lo expulsó de la Iglesia y lo condenó al infierno.

A partir de ese momento, se produjo una ruptura en Europa entre los cristianos: por un lado, los seguidores de la autoridad papal, es decir, los católicos, y, por otro, los que se oponían a ella, los protestantes. Esta pugna religiosa dividió en dos partes al Sacro Imperio, cuyo emperador era Carlos V, y generó graves enfrentamientos.

RESPETAMOS EL PATRIMONIO

El monasterio de San Lorenzo de El Escorial fue mandado construir por Felipe II. Se dice que decidió dedicar este monasterio a san Lorenzo porque en el día en que se conmemora a ese santo, que es el 10 de agosto, el monarca venció a los franceses en la batalla de San Quintín, en 1567.

En un principio, Felipe II pensó en El Escorial como el lugar de enterramiento de su padre, Carlos I. Por eso, era necesario que hubiera una gran iglesia para celebrar las misas por el emperador y un convento donde viviera la comunidad religiosa encargada de oficiarlas. Además, se añadieron una biblioteca y un palacio. En la actualidad, es el panteón real de España, donde se entierra a los reyes y a las reinas de nuestro país.

Conocer, valorar y respetar nuestro patrimonio nos ayuda a saber más de nuestro pasado. Además, obras como el monasterio de San Lorenzo de El Escorial suponen un gran atractivo para turistas y estudiosos de todo el mundo.

1. ¿Cuáles son los principales elementos que integran el complejo de El Escorial? ¿Con qué función se diseñó cada uno?
2. ¿Por qué es importante respetar y conservar el patrimonio histórico legado por nuestros antepasados? Escribe al menos tres argumentos para justificar tu respuesta.
3. Haz un listado con cinco lugares históricos que has visitado o que te gustaría conocer e indica qué es lo que más valoras de cada uno de ellos.

El patrimonio de un país en guerra puede verse dañado por bombardeos, como ha sucedido en muchos lugares durante el siglo pasado y el actual. Sin embargo, el daño causado no es únicamente material. El principal drama es la cantidad de población civil que muere en los bombardeos indiscriminados.

Los conflictos bélicos son ejemplos de un fracaso en una negociación para resolver un conflicto. Una resolución pacífica necesita que haya diálogo entre las partes implicadas y un pacto entre ellas, en el que se consensúe lo que cada parte cede y lo que obtiene a cambio.

4. Es probable que en clase también surjan conflictos. Por ello vamos a desarrollar propuestas para solucionarlos sin provocar un enfrentamiento. Distribuidos en grupos, preparad una propuesta de reglamento para la solución de conflictos en el aula en el que se recojan el proceso de diálogo y las posibles formas para alcanzar un acuerdo.

¡INOLVIDABLE!

1 Ordena cronológicamente estos hechos del reinado de los Reyes Católicos:

- Toma de Granada.
- Descubrimiento de América.
- Conquista de Navarra.

2 Copia esta línea del tiempo y sitúa en ella a los reyes de la dinastía de los Austrias.

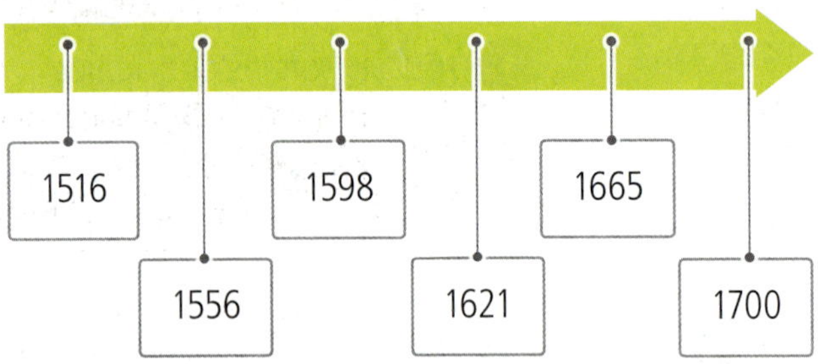

3 Indica si las siguientes afirmaciones son verdaderas o falsas y, después, corrige los errores.

a. Portugal efectuó el primer viaje a América.

b. Los europeos iniciaron grandes expediciones para buscar nuevas rutas a Asia.

c. La mejora en la navegación gracias a inventos como la brújula favoreció los grandes viajes oceánicos.

d. El viaje de Colón fue financiado por el rey de Francia.

4 Relaciona los siguientes hechos históricos con el rey que corresponda.

Carlos I — Felipe II

a. Emperador del Sacro Imperio.

b. Conquista de Portugal.

c. Conquista de Filipinas.

d. Herencia de los territorios mediterráneos de Fernando II de Aragón.

5 Copia y completa el siguiente texto.

Felipe II defendió el catolicismo en los campos de batalla contra los ....., a los que venció en la batalla de Lepanto, contra los ..... en los Países Bajos, y fracasó en su intento de invadir ..... con el envío de la «Armada invencible».

6 Indica a qué estamento se corresponde cada una de las siguientes oraciones sobre la sociedad española del siglo XVII.

Se vieron muy presionados por las subidas de impuestos.	.....
Aumentaron su poder.	.....
Sufrieron menos los efectos de la crisis.	.....

7 Señala dos aspectos que se encuentran en el origen de la crisis del siglo XVII.

a. Las continuas guerras.

b. La literatura del Siglo de Oro.

c. La expulsión de los moriscos.

d. La llegada de especias de América.

8 Coloca a los siguientes escritores en el género literario en el que más destacaron: Cervantes, Lope de Vega, Góngora, Calderón de la Barca, Quevedo.

Narrativa — Teatro — Poesía

9 ¿Qué tratado puso fin a la Guerra de Sucesión? ¿Qué consecuencias tuvo?

10 De cada una de las siguientes parejas de conceptos, identifica el que se corresponde con la imagen:

La infanta Margarita de Austria.

- El Greco / Velázquez
- Renacimiento / Barroco
- Representación de la sociedad / Retrato del rey o de la familia real
- Colores brillantes / Contraste entre luz y sombra

11 Resuelve las siguientes actividades a partir del texto y de las imágenes que aparecen a continuación.

Viajeros por el mundo

Los documentales de viajes son los programas de televisión preferidos de tu familia. En el último que habéis visto aparecía el sur del continente americano, como se muestra en la imagen de la derecha. A tu familia le parece muy curioso el nombre de un accidente geográfico que hay allí: el estrecho de Magallanes. Como has estudiado la historia del siglo XVI, piensas que este nombre se puede relacionar con un personaje histórico de esta etapa. Para explicárselo a tu familia, buscas el mapa que aparece a continuación y respondes a las siguientes preguntas.

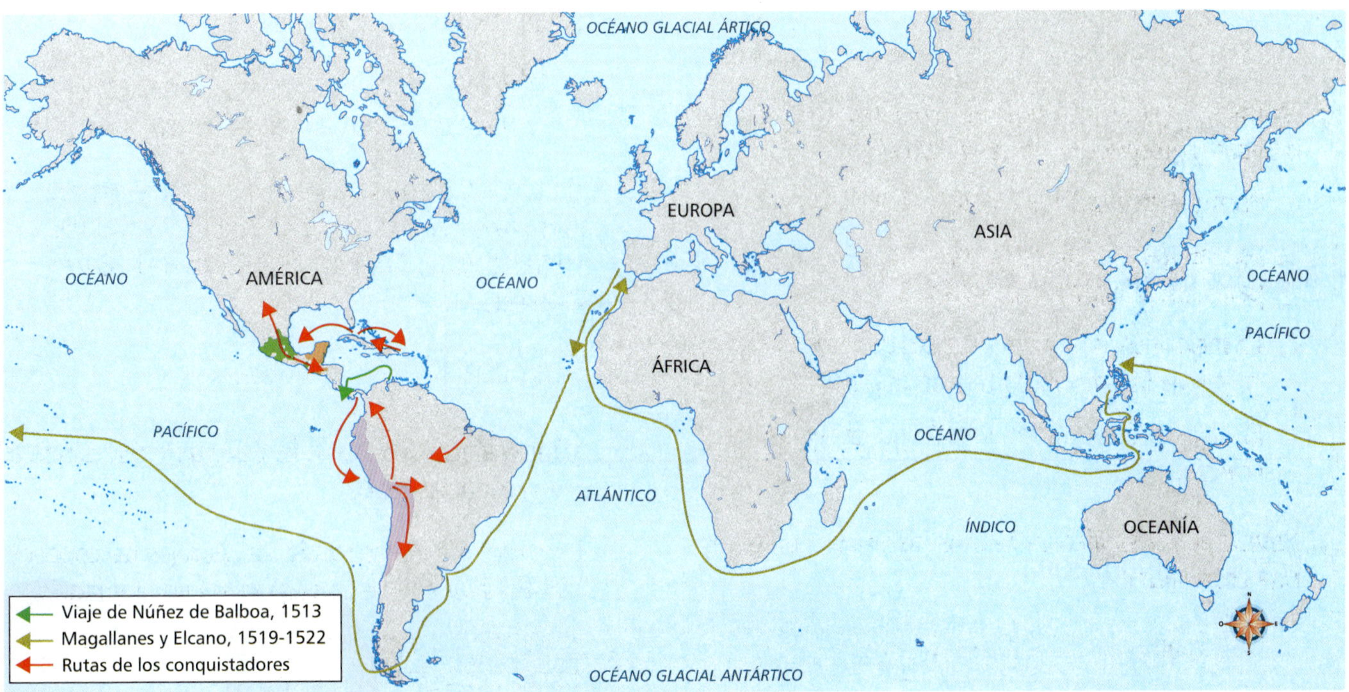

A Realiza estas actividades que te ayudarán a explicar lo que aparece en el mapa:

1. ¿Qué otro personaje destacado acompañaba a Magallanes en la expedición?
2. ¿Por qué fue tan importante esta expedición?
3. Explica qué otro hito relevante para la navegación se había conseguido poco antes y quién lo hizo.

B Explica a tu familia cómo se puede relacionar el logro conseguido por Magallanes y Elcano con el objetivo del proyecto de Colón.

C En el mapa hay marcadas unas zonas que no se corresponden con los actuales países de Latinoamérica. Responde a estas preguntas:

1. ¿Con qué pueblos se corresponden esas zonas?
2. ¿Cuándo pasaron a formar parte de la monarquía hispánica? Menciona a los personajes históricos que lideraron esas conquistas.

D Indica los nombres de los reyes de la monarquía hispánica durante esta etapa, y señala al menos tres hechos relevantes de cada reinado.

ENTRENAMIENTO DE EQUIPO

Creamos nuestro propio museo

En este trimestre habéis aprendido los aspectos más importantes de la Edad Media y la Edad Moderna.

Para conocer mejor las características del arte en este período histórico, podéis investigar en grupos de cuatro o cinco compañeros y diseñar vuestro propio museo.

¿Qué necesitamos?

- Papel continuo
- Lápiz
- Lápices de colores
- Rotuladores
- Revistas y folletos
- Tijeras

Investigamos sobre el arte

Para obtener información sobre los estilos artísticos de la Edad Media usaréis la técnica cooperativa de los **Grupos de investigación.** Realizad la tarea siguiendo las indicaciones del profesor.

1. Dividimos el trabajo

Cada equipo indagará sobre uno de los estilos artísticos de la Edad Media y la Edad Moderna: románico, gótico, mudéjar, renacimiento y barroco.

En vuestra investigación debéis tener en cuenta los aspectos de cada estilo artístico que se indican a continuación.

Aspectos de los estilos artísticos

- Contexto histórico.
- Características de la arquitectura.
- Pintura y escultura.
- Obras más destacadas.

2. Buscamos información

Para realizar la tarea que os ha correspondido a cada grupo, debéis buscar información en libros, revistas e internet, bajo la supervisión de un adulto, o consultar a expertos. No olvidéis buscar y seleccionar imágenes de las obras artísticas más importantes.

3. Analizamos y resumimos

Debéis elaborar un informe final que contenga los datos más destacados que habéis recopilado. Para ello, los miembros del equipo haréis una puesta en común en la que anotaréis los aspectos más importantes. Antes de terminar, comprobad que habéis investigado todos los aspectos del recuadro.

4. Comunicamos los resultados

Para terminar, hay que realizar una última tarea: comunicar los resultados al resto de la clase. Para ello, el coordinador o portavoz de cada equipo leerá el informe final y las conclusiones de la investigación.

Preparamos paneles para nuestro museo

Con los datos recogidos y comunicados a la clase mediante el informe final, cada equipo realizará un panel empleando la estructura de **Trabajo por parejas.** Con todos los paneles se creará un museo para el aula, por lo que es importante presentar los resultados de forma organizada.

Para su elaboración debéis seguir los pasos que se indican a continuación.

1. En un papel continuo distribuid los diferentes espacios asignados a la información de vuestro panel. Anotad el estilo artístico, las principales características, los géneros artísticos y las obras más destacadas.

2. Para completar el panel, pegad la información obtenida en los espacios que habéis asignado en el paso anterior. No olvidéis incluir las imágenes, que deben ir claramente identificadas con el nombre de la obra y de su autor.

¡Enhorabuena! Habéis realizado un proyecto de investigación y paneles sobre el arte de la Edad Media y la Edad Moderna. Podéis pegarlos en un lugar visible del aula y, con todos ellos, crearéis un museo.

Con toda la información que habéis conseguido podéis planificar, con ayuda de vuestros profesores, una visita a un museo cercano.

¡A PRUEBA!

La historia en figuras

Al hermano mayor de Sara le gusta montar maquetas. Se inspira en cuadros para reproducir escenas históricas con figuras que él mismo pinta y modela.

Sara y su amigo Sergio están mirando sus últimas maquetas y los tres cuadros en los que se ha inspirado. Además, intentan averiguar en qué escena trabaja ahora.

A

B

C

1 **Observa las maquetas que ha hecho el hermano de Sara y los cuadros en los que se ha inspirado.**

a. ¿Alguna de las maquetas representa un acontecimiento histórico? Si es así, indica cuál es y en qué fecha tuvo lugar.

b. ¿Cuál de los tres cuadros es de un artista barroco? Menciona a los principales pintores de ese estilo.

c. ¿En qué siglo situarías la escena del cuadro C? ¿Con qué aspecto de la sociedad lo relacionas?

2 Observa la escena que representa un mercado medieval y responde.

a. ¿En qué parte de la ciudad se colocaban los mercados? ¿Qué otros elementos destacaban en una ciudad medieval cristiana? ¿Y en una ciudad de al-Ándalus?

b. ¿A qué estamento pertenecían los comerciantes? ¿Qué otros grupos formaban parte de este estamento?

c. ¿Con qué hecho se relaciona el fin del período histórico que representa la escena?

3 **Copia una línea del tiempo como la que aparece a continuación y complétala con los datos que se indican.**

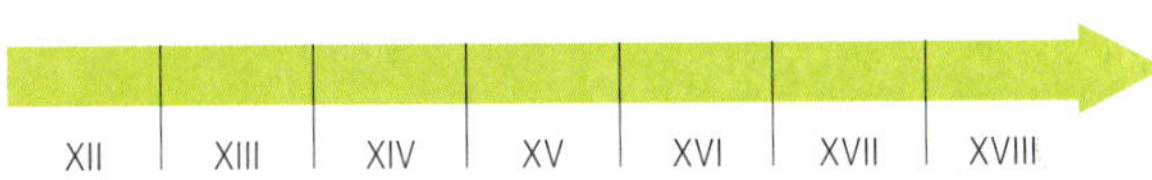

a. Marca de un color la Edad Media y de otro la Edad Moderna.

b. Ubica cada una de las tres escenas de las maquetas donde corresponda.

c. Localiza la fecha del fin del último reino musulmán en la península ibérica. ¿En qué fecha surgió al-Ándalus?

4 La próxima maqueta que el hermano de Sara quiere construir se relaciona con la Guerra de Sucesión.

a. Elabora una tabla en la que indiques qué pretendientes al trono se enfrentaron y qué apoyos, en España y en Europa, recibió cada uno.

b. ¿Qué tratado puso fin a esta guerra? Indica a quién se reconoció como rey mediante el mismo y explica en qué tuvo que ceder a cambio del trono.

c. Observa las siguientes imágenes de tres reyes e indica cuál de ellas necesitará el hermano de Sara. ¿A qué dinastía pertenece cada rey?

Felipe V

Carlos I

Felipe IV

Nuestro invento

En todas las etapas de la historia han surgido importantes inventos y avances científicos.

La mayor parte de ellos son el resultado del duro trabajo de personas que han dedicado su vida a la investigación. Muchos de esos inventos los podemos disfrutar hoy día. Otros aún están por venir. Quizás alguno de vosotros participe, algún día, en una de estas futuras invenciones.

5 En grupos de trabajo, seleccionad los que os parecen los tres inventos más importantes de la historia y reunid información sobre ellos.

6 Después, cada uno de vosotros propondrá un nuevo invento. Tendrá que describirlo y dibujarlo en una cartulina, indicando el problema que va a solucionar o el avance que va a suponer para la humanidad.

7 Exponed en un lugar visible del aula todos los inventos con su explicación. Por último, entre todos, elegiréis el mejor invento.

MAPAMUNDI POLÍTICO

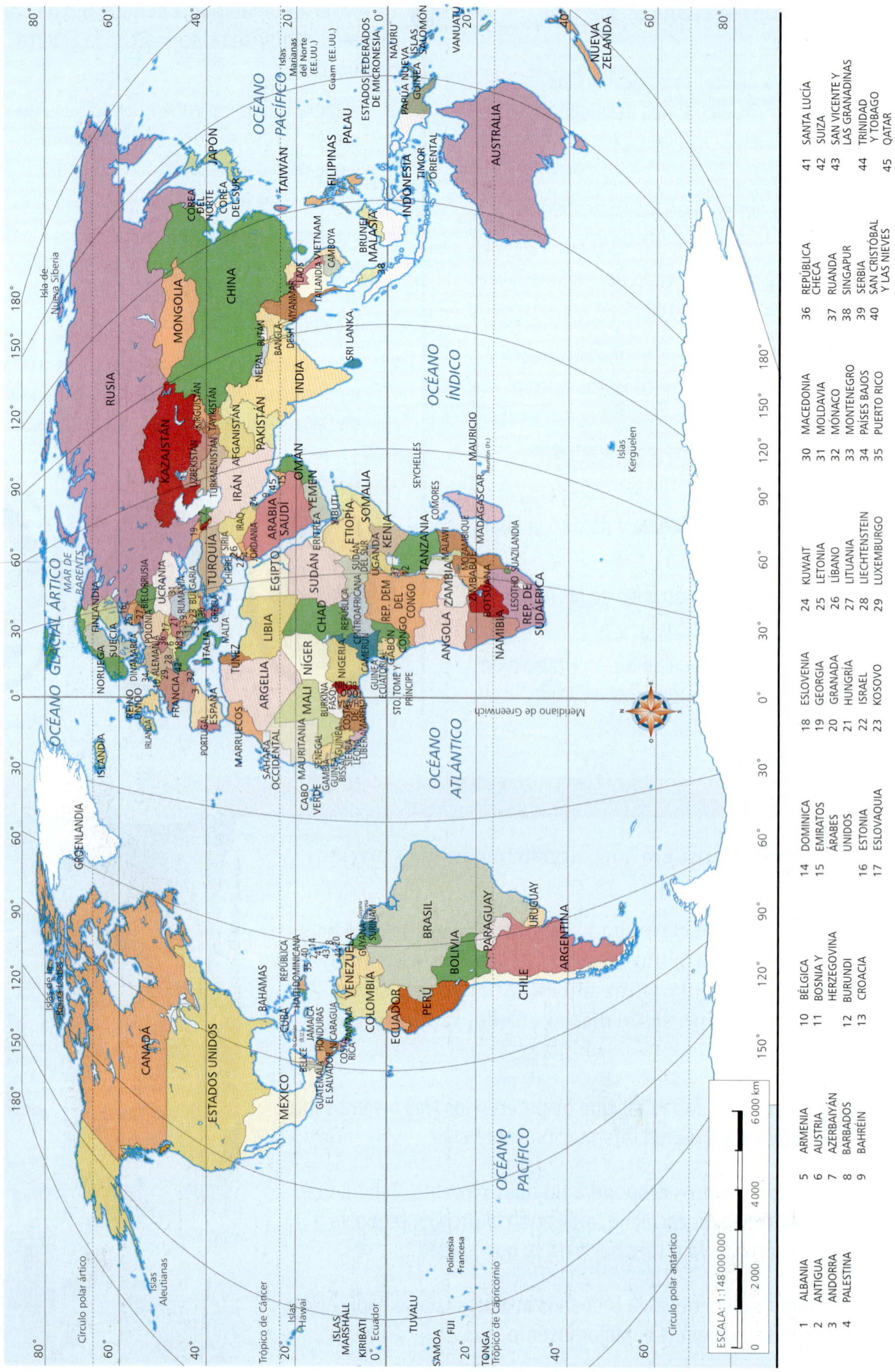

MAPAMUNDI FÍSICO

MAPA FÍSICO DE EUROPA

MAPA FÍSICO DE ESPAÑA